U0068928

——為中國人設計的——

日語語音學入門

新裝版

戶田昌幸・黃國彥　合著

鴻儒堂出版社

新裝版序

　　本書自初版付梓迄今，經歷三十餘寒暑，一再重印。其間台灣的日語教學版圖起了極大的變化，在政府開放大學設校設系的政策下，日語系乃至應用日語系如雨後春筍不斷出現，日語學習人口也大幅成長。因應學習者需要，各種日語教科書或參考書相繼問世，良窳不齊充斥坊間，幾至氾濫程度。唯不知何故，其中有關日語發音的合適教材仍極少見。

　　由於本書解說詳盡，兼具理論性與實用性，而且附有各種練習，故迭獲各校日文系採用為日語發音課教材，評語頗佳，令作者深感榮幸。這次再版，本擬進行大幅補充，無奈庫存已罄，必須趕印以應新學期所需，修訂不及，至為抱歉，尚祈讀者海涵。所幸本書價值並不因此而有任何減損，仍能符合時代需求。

　　要正確掌握日語發音，多加練習是不二法門。為了讓學習者更便於練習，提升學習效率，我們將錄音帶改版為MP3。最後，各位讀者在學習過程中如果遭遇任何日語發音方面的問題，歡迎寄伊媚兒至下面信箱：ufhiko@ms5.hinet.net，相互切磋。

2019年4月15日

黃國彥　戶田昌幸　謹識

序　言

　　由於日本在國際上政治地位和經濟地位的提升，近年來各國人士學習日語蔚為風氣，使日語成為最具實用性的外語之一。職是之故，如何編寫優良而實用的日語教材，滿足學習者的需要，提高學習的效果，可說是從事日語研究和日語教學工作者極為重要的一項任務。環顧國內外，可括日本在內，似乎還缺少一本涵蓋日語發音所有層面，適合中國人使用的日語發音教材。這就是我們撰著本書的基本動機。

　　語言的質地是語音，學外國話必須先把發音學好，詞彙和語法的學習才能臻於正確。換言之，發音的學習在整個外語學習的過程中最為基本也最為重要。和發音學習的重要性相形之下，國內的日語發音教學常受到忽視，而且存在著嚴重的偏差和缺失，不容否認。例如：停留在單純模做的階段，沒有語音學理論做基礎；以五十音圖的發音教學為已足，未能注意到重音（accent）；即使注意到重音，也因為理論基礎不夠，而只注意到單字的重音，忽略單字的重音在句中可能產生的變化，更遑論所謂強調（prominence）和句調（intonation）。這種有偏差的發音教學，當然無法獲得預期的效果。要糾正此種偏差和缺失，完善的日語發音教材不可或缺。這是我們撰寫本書的第二個動機。

　　本書是專為中國人設計，具有突破性的日語發音教材，可供各大學日語系採用為日語發音課的基本教材，各大專院校日文選修課的輔助教材以及社會各界人士自修之用。以語音學理論為骨架，以豐富的練習為血肉，說明力求淺顯，練習務求實用，只要循序漸進勤加練習，一定能夠學會日語正確而優美的發音，有志於學好日語者不可不讀。

　　本書具有以下兩大特色：

（一）對比研究成果的吸收

　　外國話的學習常受學習者原有的母語極大的影響。因此編寫外語教

4

材時必須考慮到學習者原有的母語背景。語言的對比研究（contrastive study）就是在這種需要下產生的。將學習者的母語和外國話的體系加以對比研究所獲的成果，有助於提高外語學習的效率，毋庸贅言。本書在說明日語實際的發音時，特設「比較」一項，採納中日語音對比研究的理論成果，將日語和國語的發音加以比較敘述，間及閩南語。重音方面也特設一節將日語的重音和國語的四聲詳加比較，使學習者能透過國語來掌握日語重音的本質。

（二）發音練習的精心設計

　　本書有豐富的練習，都經過精心的設計和考慮，並非任意羅列。例如中日兩國同樣使用漢字但字形不盡相同，而且有許多詞語字面雷同而詞義有所出入，在學習過程中常造成干擾（interference）的現象。本書儘量將這一類詞語納入練習，使學習者在練習發音的過程中注意到這個事實，養成踏實的學習態度，避免錯誤的類推。

　　本書的撰寫，首先由戶田昌幸提議，經過多次協商研究後決定內容大綱，然後分頭撰寫。全書分為理論基礎篇，單音・音節篇，重音・強調・句調篇，附錄等四大部份，其中中文部份由黃國彥負責，日文部份由戶田昌幸負責，但實際上揉合彼此的意見，是二人通力合作的產物。

　　在撰寫的過程中，部份稿件承蒙中國文化大學的葉雅齡、黃淑燕，輔仁大學的黃鴻信、陳明姿、王淑芳，東吳大學的黃鎮勇、徐淑明，淡江大學的林素卿、黃錦葵等同學抄繕，特此表示感謝之意。

　　一九八二年五月

　　　　　　　　　　　　　　　　　　黃國彥・戶田昌幸　敬識

本書的利用法

本書的內容分為四大部份

第一部份為理論基礎篇，就有關語音的基礎知識，深入淺出加以說明。正如成人學外國話必須講文法一樣，成人學習外國話的發音如能和語音學的知識結合，一定能事半功倍。因此我們特別闢設此篇。

第二部份為單音・音節篇。將日語實際的發音，以和國語的發音對比的方式詳加說明，同時設計許多練習。「最小音差字對」（minimum pair）的練習，對解決中國人學習日語發音所遭遇的困難，能提供極有效的幫助。對於只出現在外來語的特殊語音，也有豐富的練習。

第三部份分為重音・強調・句調篇。對重音的本質，名詞、動詞、形容詞的重音，重音結合的現象加以說明，掌握其規則性。然後進一步以句子為單位說明重音在句中產生的變化以及強調和句調的實際情形。

第四部份為附錄，將上述三大部份無法容納，但在發音學習上不可缺少的內容補列於此，其中包括許多短篇文章的發音練習。

學習者的目標

（1）如係初學，可以從理論篇第一章開始循序漸進，但最好和第四章的實際練習雙管齊下。如能踏實學到第四章第一節清音，就能掌握每個音節的正確發音，而且能照所標重音唸出正確的重音。學到第二節濁音、半濁音時，應該就能夠聽寫單字和標示重音。（第一階段）

次一個目標就是學習第五章「日語的重音」。按照名詞、動詞、形容詞的順序學習，可以和附錄並用。（第二階段）

最後的目標就是強調和句調的學習。掌握日語實際會話或文章中的句子的節律，包括強調和句調。（第三階段）

（2）如係學過二、三年者，可從第四章最後面的〔綜合練習〕開始。但第一章～第三章的語音學理論和第四章中的日語和國語發音上的比

較，有助於掌握日語正確的發音，值得一讀。

　　(3)如係日語教師或日語學習經歷較久者想加強有關日語發音的知識，在理論方面可以參閱第一章～第三章。想知道名詞、動詞、形容詞的重音規則時，可以參閱第五章。附錄中的練習也有很大的幫助。

在課堂上練習的方法

　　實際練習時，先由教師例示中日語音的差別，將練習1)重覆唸兩次讓學生聽（暫時不讓學生發音），然後才指示學生跟著教師重覆唸三次到五次。可能的話再讓每一個學生單獨唸，加以矯正。

本書所用的記號

1．本書所標重音均為東京標準音，以「明解アクセント辞典第二版」（三省堂）以及「日本語発音アクセント辞典」（1981年版，日本放送出版協会）為準據。重音記號也採用這兩本字典的方式，將發成高音的部份以「￣」「—」標示，直接訴諸視覺，求一目瞭然便於學習。其他標示法則在本文中加以對照說明，供學習者參考。詳細請參閱第五章第五節「日語重音的標示法」的說明。

2．「が行鼻音」如係平假名就在下面加「 ○ 」來表示，例如「が゚」「ぎ゚」；如係片假名就在右肩加「 ○ 」來表示，例如「ガ゚」「キ゚」。

3．元音清化（母音的無聲化）的音節以○圖示，例如「㋖ク」。

4．實際的發音採用國際通行的「國際音標」（IPA）來標注，並加[ ]。／ ／代表音位標音，並非實際的發音必須注意。

5．練習中假名部份根據「現代かなづかい」（現代假名標寫法），漢字部份則根據「常用漢字表」（1981年10月1日公佈實施）。〈 〉內則係中文翻譯。

目　次

單音・音節篇

重音・強調・句調篇

12

45

附　錄

14

参考書目

理論基礎篇

第一章　概　　說

第一節　語言學和語音學

語言是人類表情達意溝通思想的主要手段，和我們的生活有非常密切的關係。人類和動物最大的不同，就在於人類有語言而動物沒有語言。正因語言具有無比的重要性，自古以來就是人類探討研究的對象。不過用科學的方法來研究語言的學問──「語言學」（linguistics）成為一門獨立的學科，則是十九世紀以後的事，早先它還未能脫離「文獻學」（philology）的範圍。也就是說，在人文科學的領域中，語言學的歷史還很淺。

最近幾十年來，語言學的進步一日千里，理論和方法不斷創新，由「結構語言學」（structural linguistics）發展為「變形語法理論」（transformational grammar），研究領域也不斷擴大，和哲學、心理學、社會學、數學、統計學、資訊理論、電腦學都發生密切的聯繫。

語言的研究可以從語音、語意、語法三方面着手，內容各自有異，在語言學的研究領域中形成「音韻學」（phonology）、「語意學」（semantics）、「語法學」（grammar）等不同的部門。

音韻學又細分為「語音學」（phonetics）和「音位學」（phonemics）兩大部門，前者偏重於研究發音的原理和語音的特性，後者以歸納特定語言的語音體系為主，二者相輔相成，互補不足。本書有關日本語音的描述，主要從「語音學」的觀點出發，着重於客觀事實的提示和說明。

第二節　語音學的研究領域

　　語言的質地是語音。語音學可以說是語言研究的基礎，語音學又稱「發音學」，以人類語言行為中有關發音的現象為研究對象，站在客觀的立場，利用生理學上的方法、物理實驗的方法、聽覺上的方法來進行觀察和描述。

　　語言要發揮表情達意溝通思想的功能，必須具備三個基本要素：㈠說話者（speaker）、㈡對話者（hearer）、㈢語言的運用（performance）。也就是說，必須由說話者把話說出來，而且傳達到對話者的耳中。從發音的角度來看，語言的傳遞大致分為下面三個過程：

　　㈠說話者為了把自己的意念表達出來，就運用發音器官來發音。

　　㈡發音器官動作的結果產生音波，經由空氣傳遞。

　　㈢音波傳到對話者耳內，說話者的意念受到瞭解。

　　視所研究的對象屬於哪一個過程，語音學可分為下述三大領域：

　　㈠發音語音學（articulatory phonetics）：從發音生理的觀點研究發音的原理。

　　㈡音響語音學（acoustic phonetics）：從物理學、音響學的觀點研究語音的特性。

　　㈢聽覺語音學（auditory phonetics）：研究語音如何被聽覺器官接受。

　　這三種語音學當中，以發音語音學最為發達，一般講語音學的都着重於這一方面。而且它也最容易和語言教學結合。音響語音學最近也有很大的發展。至於聽覺語音學則還在起步的階段。

　　語音學還可以從許多不同的觀點加以分門別類。研究的對象包括各種語言的語音，尋求建立一般原理的就叫「普通語音學」（general phonetics），研究的對象如局限於特定語言的語音，就是個別語音學，通常冠以該語言的名稱來稱呼，例如「日語語音學」「英語語音學」等等。研究如何把語音學的研究成果應用於實際方面的，就叫做「應用語音學」（applied phonetics），主要應用於矯正方音或外語教學，也叫做「實用語音學」（practical phonetics）。如果是對兩個以上

語言的語音加以比較的，不妨叫做「對比語音學」（contrastive phonetics）。

　　本書的目標在於將普通語音學的理論應用於日語發音教學，使中國學生能迅速而正確地學會日語的發音。理論和實用兼顧，而且吸收對比語音學的研究成果，配合實際需要將日語的發音和國語的發音加以比較，以提高學習的效果。

第三節　學好發音的重要性

　　語言依媒介的不同可分爲口頭語言（spoken language）和書面語言（written language）兩種，前者以語音爲媒介，後者以文字爲媒介，各有不同的特性和功能，長短互見。一般說來，書面語言是以口頭語言爲基礎而成立的，人類先有口頭語言而後才有書面語言。因此我們不妨視口頭語言爲主，書面語言爲從。

　　學外國話自然也要先學口頭語言，這是外語教學上的基本原則。口頭語言的基礎是語音。我們知道每個語言所用的語音種類未必一致，語音和語音結合的規律並不相同，語音的長短、輕重、高低也有出入，這些綜合起來形成每個語言語音體系（sound system）的差異。學外國話的時候，我們首先碰到的就是發音上的問題。

　　學外國話的初步工作，而且是最基本最重要的工作，就是把發音學好。在學習語法和詞彙之前，必須先學會辨音和正確的發音方法，這樣才能夠分辨出對方所發的到底是什麼音，也才能夠使對方聽得懂我們的發音。不管學外國話的目的是爲了口頭上的應用或是爲了更進一步學習書面語言，研究外國文學和翻譯，都脫離不了這個原則。

　　語言是一種習慣，學外國話就等於養成一套新的習慣。要把形成這套習慣的基礎——發音學好並不是一件容易的事，但它對日後更進一步的學習有很大的影響。因爲發音不準常會使別人聽不懂，甚至於誤會你所說的話。如果在初學發音的階段沒有把基礎打好，發生錯誤不加改正，久而久之成了習慣就難以矯正，由此可見把發音學好是如

何重要，不可忽視。

第四節　語音學是學好發音的利器

發音既然如此重要，怎樣才能把發音學好，就成爲語言教學上的重要目標之一，而語音學可以說就是幫助我們達成這個目標的利器。

語音學在學習外國話的發音上會給我們帶來什麼幫助，可以分下面兩點來加以說明。

㈠每個人學自己的母語（native language）──簡單的說就是每個人頭一個學會能運用自如的語言──尤其是發音，都是小時候在沒有意識的情況下，自然學會的。因此雖然每個人對母語裏頭各種不同的發音都有敏銳的分辨能力，但都只是知其然而不知其所以然。例如以國語爲母語的人，能夠分辨ㄕ（不帶音）和ㄖ（帶音），却不懂什麼帶音（發音時聲帶顫動）不帶音（發音時聲帶不顫動）；對ㄅ（不送氣）和ㄆ（送氣）的分辨絲毫不覺得困難，却不會說明什麼是送氣什麼是不送氣；知道ㄇㄚ和ㄇㄚˇ是兩個截然不同的詞，却不知道什麼是調形。會分辨而不會說明，主要就是因爲沒有學過語音學，不懂得發音的基本原理。語音學能告訴我們發音的基本原理，使我們對自己的發音產生自覺，遇到不熟悉的外國語音，也能擺脫單純的模倣，運用語音學上的知識，輕而易舉地把它學會。

㈡在學習外國話的發音時，我們常會受到母語語音體系及發音習慣的干擾（interference）而不自覺，結果所發的語音也無法正確。遇到這種情形，如果只是反覆作呆板的模倣練習，並不容易達到矯正的目標。我們知道每個語言所用的語音種類都很有限，其中有的彼此相同或類似，有的完全不一樣，如果能夠運用語音學上的知識，把母語和我們所要學的外國話──目標語言（target language）──的語音加以比較來發現二者異同之處，相同的可以直接採取模倣練習的方式，不同的可以找出不同的所在，這樣問題就能迎刃而解，事半功倍。換言之，語音的比較能夠預測我們在發音的學習上可能發生的困難所在

（trouble spot），使發音上的錯誤減少到最低程度，並幫助我們矯正錯誤的發音，使我們在最短的時間內把發音學好。而語音的比較必須靠語音學的知識自不待言。

第五節　發音學習上的幾個重要原則

學外國話的發音，除了語音學上的知識是必要條件外，還有幾個重要的原則值得在這裡強調。

㈠文字和發音不可混為一談

文字原則上代表語音，尤其是所謂表音文字更是如此。但二者實際上完全不同，不可混淆。有時候同樣一個字却有兩種不同的發音，例如日語的「は」字有［ha］［wa］兩種發音。有時候不同的字發音完全相同，例如日語的「じ」和「ぢ」發音都是［dʒi］；「ず」和「づ」發音都是［dzɯ］。拿日語的羅馬字來說，有人把「ち」和「つ」拼成 ti、tu，實際的發音却是［tʃi］［tsɯ］。又如國語「ㄨ」音和日語的「う」音，羅馬字都寫成 u，但二者實際上的發音顯然不同，因此我們學外國話不可被文字所惑，以為它就是實際的語音。為了區別發音和文字，語音學上都採用國際音標，以［　］來表示。

㈡訓練辨音的能力

由於母語所造成的語言習慣，每個人對於某些不難分辨的不同語音，往往不去分辨。這是因為這些不同的語音，在他的母語裏頭沒有辨別詞義的作用，所以也就沒有去分辨的必要。但這並不表示他對這些語音沒有分辨的能力。例如日語實際上有送氣音和不送氣音的分別，但日本人學中國話時，對於送氣音（ㄆㄊㄎ之類）和不送氣音（ㄅㄉㄍ之類）常感到很難分辨，主要是因為送氣音和不送氣音在日語裏頭並不會造成詞義的不同。類似這種問題，必須多訓練耳朵的辨音能力才能加以解決。而且，對於不熟悉的語音，原則上必須先會分辨才有辦法做正確的模倣。

㈢對發音器官的感覺要敏銳

　　一個人在運用自己的母語說話時，對於發音器官的運動方式，比如舌尖怎麼動，嘴唇的形狀如何，聲帶是不是顫動，幾乎毫無意識。但在學習外國話的場合，由於發音器官的動作方式和部位通常都和母語不同，就有特別加以注意的必要，這樣才能發現不同的所在。語言的學習應該是一種過度的學習，必須不斷練習。而這種練習，至少在初步的階段，應該是有意識的練習，而非毫無自覺，機械而呆板的練習。這樣我們對發音器官的感覺才能更加敏銳，經由有意識的控制而學得正確的發音。等到新的發音習慣完全建立，這種有意識的狀態自然會逐漸消失。

第二章　發音原理和語音分類

第一節　發音器官及其機能

　　語音是人類利用發音器官（organs of speech）發出的，要瞭解發音的原理，就必須先對發音器官和它們的機能有一個概括的認識。

　　發音原則上可以分為四個過程：㈠氣流產生過程；㈡發聲過程；㈢口鼻過程；㈣節制過程。發音器官也可以根據這四個過程劃分為四大部分：

㈠呼吸器官：發音的原動力是呼吸的氣流，由肺部產生，經過支氣管、氣管往上輸送。呼吸器官本身並不發出任何語音。

㈡喉頭：主要包括聲帶和聲門，聲帶的形狀有如雙唇，富彈性能夠顫動，而且可隨意開合。由聲帶形成的氣流通道叫聲門。平常呼吸時，聲門保持開放狀態，讓氣流自由出入。如果聲帶因氣流的擠壓而顫動就會發出聲音。

㈢鼻腔：有共鳴作用。氣流如從鼻腔流出就形成所謂鼻音。鼻腔通道的開閉，是靠軟顎的升降來進行的。軟顎上升，鼻腔的通道就被阻塞，軟顎下降，鼻腔的通道就開放。

㈣口腔：和鼻腔一樣有共鳴作用。不僅如此，人類絕大多數的語音都是靠口腔的許多發音器官所形成的各種阻礙和節制方式來產生的。屬於這一部分的發音器官包括上下唇、上下齒、舌尖、舌面前、舌面中、舌面後、舌根、小舌、齒齦、硬顎、軟顎等等。

　　這些發音器官的名稱和部位，跟語音的分類和發音方法的說明有密切的關係，請參考下圖加以熟記。

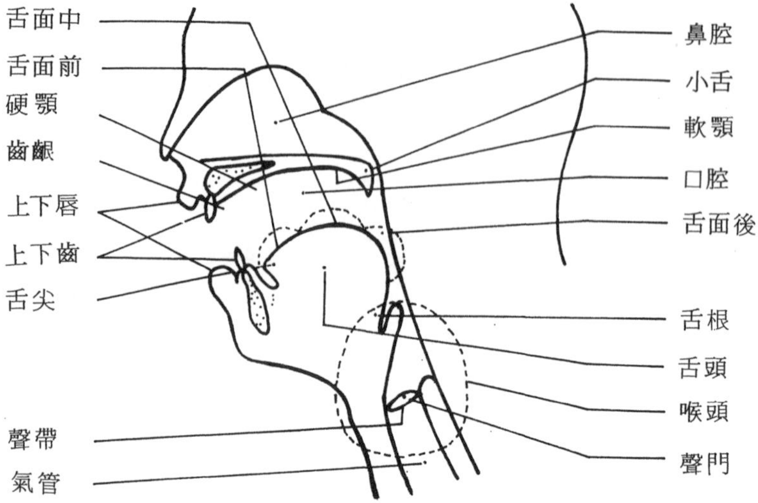

發音器官名稱部位圖

*取自國際交流基金「日本語 はつおん」

第二節　語音的分類

語音有許多分類的標準。首先我們可以根據氣流的方向（氣流產生過程）把語音分爲下面兩種：

㈠呼氣音：利用呼出的氣流形成的語音。

㈡吸氣音：利用吸入的氣流形成的語音。

一般語言所用的語音都屬於呼氣音。

其次，語音可以根據聲帶是否顫動（發聲過程）而分爲：

㈠帶音（voiced）的語音：發音時聲帶顫動。

㈡不帶音（voiceless）的語音：發音時聲帶不顫動。

區別帶音不帶音，可用雙手捂住耳朵，試發［ s ］音和［ z ］音，就會發現發［ s ］音時耳內沒有嗡嗡聲，因爲聲帶不顫動；發［ z ］音時耳內有嗡嗡聲，因爲聲帶顫動。

我們還可以看氣流是通過鼻腔或口腔（口鼻過程），把語音分爲

下面三種：

　　㈠口音（oral）：發音時軟顎上升，阻塞鼻腔的通道，氣流只能從
　　　　口腔流出。大多數語音均屬此類。

　　㈡鼻音（nasal）：發音時氣流在口腔內受到阻礙，軟顎下降打開
　　　　鼻腔的通道，使氣流得以從鼻腔流出。例如國語的ㄇ、ㄋ、ㄣ
　　　　、ㄥ等音。

　　㈢鼻化音（nasalized）：發音時氣流同時從口腔和鼻腔流出。例如
　　　　閩南語或法語的鼻化元音。

　　一般最熟悉的分類則是根據氣流在口腔是否受到阻礙（節制過程）
所作的分類。那就是把語音分為：

　　㈠元音（vowel）：氣流在口腔內不受任何阻礙。

　　㈡輔音（consonant）：氣流在口腔內受到阻礙。

　　元音又稱母音，輔音又稱子音，二者還可以根據其他標準予以細
分，下節將有詳細的說明。

第三節　元音（母音）

　　元音通常都帶音，響度較大，能單獨形成音節。它可以根據下面
三個標準來加以細分：

　　㈠舌位（舌頭在口腔內的最高點）的高低。

　　㈡舌位的前後。

　　㈢唇形。

　　根據舌位的高低，元音可分為：

　　㈠高元音：舌位最高，開口度最小。例如國語的ㄧ［ i ］，ㄨ［
　　　　u ］。

　　㈡中高元音：舌位次高，開口度次小。例如國語ㄟ［ ei ］的［ e
　　　　］，和ㄡ［ ou ］的［ o ］。

　　㈢中低元音：音位次低，開口度次大。例如國語ㄧㄝ［ iɛ ］ 的
　　　　［ ɛ ］和ㄨㄛ［ uɔ ］的［ ɔ ］。

㈣低元音：舌位最低，開口度最大。例如國語ㄢ〔an〕的〔a〕和尢〔aŋ〕的〔ɑ〕

根據舌位的前後，元音可分為：

㈠前元音：舌位靠前。例如〔i〕〔e〕〔ɛ〕〔a〕。

㈡央元音：舌位不前不後。例如國語ㄣ〔ən〕的〔ə〕。

㈢後元音：舌位偏後。例如〔u〕〔o〕〔ɔ〕〔ɑ〕。

根據嘴唇的形狀，元音可分為：

㈠圓唇元音：兩唇撮聚成圓形。例如〔u〕，國語的ㄩ〔y〕。

㈡非圓唇元音：兩唇舒展成扁平狀或保持自然狀態。例如〔i〕〔e〕。

綜合這三種分類標準，我們可以用國際音標把元音表列如下，彼此之間保持區別不相混淆。

舌位高低 ＼ 舌位前後 唇形	前		央		後	
	非圓唇	圓　唇	非圓唇	圓　唇	非圓唇	圓　唇
高	i	y	ɨ	ʉ	ɯ	u
中　高	e	ø	ə		ɤ	o
中　低	ɛ	œ	ɐ		ʌ	ɔ
低	a		ɐ		ɑ	ɒ

元音表

這當中有八個元音是世界各語言很常用的，英國的語音學家瓊斯（D. Jones）把它們定為基本元音（cardinal vowels），並以四邊形標明其舌位高低和前後。

八個基本元音的名稱如下：

〔i〕：前高非圓唇元音

〔e〕：前中高非圓唇元音

〔ɛ〕：前中低非圓唇元音

〔a〕：前低非圓唇元音

〔u〕：後高圓唇元音

〔o〕：後中高圓唇元音

〔ɔ〕：後中低圓唇元音

〔ɑ〕：後低非圓唇元音

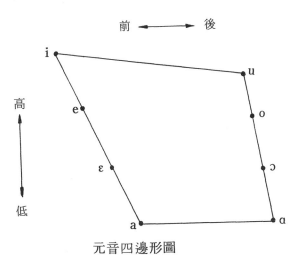

元音四邊形圖

　　只要我們能夠掌握這八個基本元音的正確發音方法，辨別它們的異同，就可以此為尺度標準來比較學習元音表所列其他元音。例如把〔i〕〔e〕〔ɛ〕的唇形改為圓形就能發出〔y〕〔ø〕〔œ〕，把〔u〕〔o〕〔ɔ〕的唇形改為非圓形就能發出〔ɯ〕〔ɤ〕〔ʌ〕，各位讀者不妨熟加練習。

　　除了上述這些比較普通的元音外，還有下面幾種元音必須略加說明：

　　舌尖元音（捲舌元音）：舌尖上捲抵住硬顎形成的元音。例如國語ㄓ、ㄔ、ㄕ、ㄖ的元音〔ʅ〕。

　　鼻化元音：發音時軟顎下降打開鼻腔的通路，氣流從口腔和鼻腔同時流出形成的元音。鼻化元音原則上在元音的上面加～記號來表示。例如閩南語〔ĩ〕（圓）就是鼻化元音。

元音還可以看發音時唇形和舌位有無變動而分爲：

單元音：唇形和舌位始終不變。上面提到的元音均屬此種。

複合元音：唇形或舌位有變動，由兩個單元音組成的叫二合元音
　　　，例如國語的ㄞ［ai］ㄠ［ɑu］。由三個單元音組成的叫三
　　　合元音，例如國語的ㄨㄟ［uei］，一ㄠ［iɑu］。

第四節　輔音（子音）

輔音可以帶音也可以不帶音，響度比元音小，通常都不能單獨形
成音節。

輔音有兩個主要的分類標準：㈠發音方法、㈡發音部位。

㈠根據發音方法所作的分類：

塞音：氣流通路完全阻塞，然後突然打開使氣流爆裂而出。又稱
　　　爆發音或破裂音。例如國語的ㄅ［p］，ㄉ［t］，ㄍ［k］；
　　　英語的［b］［d］［g］。

擦音：發音器官形成狹窄的通路，不完全阻塞，使氣流仍能從空
　　　隙中擠出。例如國語的ㄙ［s］，ㄈ［f］；英語的［z］［ʃ］
　　　［v］［ʒ］。

塞擦音：氣流通路完全阻塞，然後打開形成狹窄的通路，使氣流
　　　從空隙中擠出。兼具塞音和擦音的特性。例如國語的ㄗ［ts
　　　］；英語的［tʃ］［dʒ］。

鼻音：口腔內的氣流通道被阻塞，軟顎下降使氣流從鼻腔流出。
　　　例如國語的ㄇ［m］，ㄋ［n］，ㄥ［əŋ］的［ŋ］。

邊音：舌尖的中間在口腔內形成阻礙，但氣流仍能從舌尖旁邊的
　　　空隙流出，例如國語的ㄌ［l］。

閃音：舌頭或小舌輕輕一閃形成的語音。國語並無此音，日語則
　　　有。例如［ɾ］。

半元音：舌位和元音類似。但和硬顎或軟顎的距離較近而又不發
　　　生摩擦的程度。性質介於元音和純粹的輔音之間。原則上不

能單獨形成音節。例如〔j〕〔w〕。

㈡根據發音部位所作的分類：

雙唇音：雙唇緊閉阻塞氣流的通道或雙唇靠近形成狹窄的通道。
　　　　例如〔p〕〔b〕（塞音），〔m〕（鼻音），〔Φ〕（擦音）
　　　　，〔w〕（半元音）。

唇齒音：下唇向上齒靠近。例如國語的ㄈ〔f〕，英語的〔v〕
　　　　（擦音）。

齒音（齒齦音）：舌尖頂住或靠近上齒背面（或齒齦）。例如
　　　　〔t〕〔d〕（塞音），〔θ〕〔ð〕〔s〕〔z〕（擦音）〔ts
　　　　〕〔dz〕（塞擦音），〔n〕（鼻音），〔l〕（邊音）。

捲舌音：舌尖上捲頂住或靠近硬顎。例如〔tʂ〕〔tʂʻ〕（塞擦音），
　　　　〔ʂ〕〔ʐ〕（擦音）。國語的ㄓ，ㄔ，ㄕ，ㄖ就是這四個捲舌音。

硬顎齒齦音：舌面前頂住或靠近齒齦後部。例如〔tʃ〕〔dʒ〕
　　　　（塞擦音），〔ʃ〕〔ʒ〕（擦音）。

齒齦硬顎音：舌面前頂住或靠近硬顎前部。例如〔tɕ〕〔tɕʻ〕
　　　　（塞擦音），〔ɕ〕（擦音）。國語的ㄐ，ㄑ，ㄒ就是這三個
　　　　音。

硬顎音：舌面中頂住或靠近硬顎。例如〔ç〕（擦音），〔j〕（
　　　　半元音），〔ɲ〕（鼻音）。

軟顎音：舌面後頂住或靠近軟顎。例如〔k〕〔g〕（塞音），國
　　　　語的ㄏ〔x〕（擦音），〔ŋ〕（鼻音）。

小舌音：舌面後頂住或靠近軟顎的後部（包括小舌）。例如〔N〕
　　　　（鼻音）。

喉音：聲門緊閉或形成狹窄的通道。例如〔ʔ〕（塞音）〔h〕
　　　　（擦音）。

　　除了上述兩大分類標準外，帶音或不帶音也是輔音分類的標準之
一。在理論上，所有的輔音都可以分爲帶音和不帶音兩種。但在實際
上，通常鼻音、邊音、閃音、半元音都帶音。

名稱	發音方法＼發音部位	塞音 不帶音不送氣	塞音 不帶音送氣	塞音 帶音	鼻音 帶音	擦音 不帶音	擦音 帶音	塞擦音 不帶音不送氣	塞擦音 不帶音送氣	塞擦音 帶音	閃音 帶音	邊音 帶音	半元音 帶音
雙唇音	雙　唇	p	p‘	b	m	Φ							w
唇齒音	唇　齒					f							
齒音及齒齦音	舌尖和齒背(齒齦)	t	t‘	d	n	s	z	ts	ts‘	dz	ɾ	l	
捲舌音	舌尖和硬顎					ʂ	ʐ	tʂ	tʂ‘				
硬顎齒齦音	舌面前和齒齦後部					ʃ	ʒ	tʃ	tʃ‘	dʒ			
齒齦硬顎音	舌面前和硬顎前部					ɕ		tɕ	tɕ‘				
硬顎音	舌面中和硬顎				ɲ	ç							j
軟顎音	舌面後和軟顎	k	k‘	g	ŋ	x							
小舌音	舌面後和軟顎後部				N								
喉音	聲　門					h							

輔音表

塞音和塞擦音還可以根據阻礙解除（破裂）後聲帶是否立刻顫動而分為：

送氣音：阻礙解除後，聲帶未立刻顫動，先有一股氣流衝出。例如國語的ㄆ［pʻ］，ㄊ［tʻ］，ㄎ［kʻ］，ㄑ［tɕʻ］，ㄘ［tsʻ］，ㄔ［tʂʻ］。

不送氣音：阻礙解除後聲帶立刻顫動。例如國語的ㄅ［p］，ㄉ［t］，ㄍ［k］，ㄐ［tɕ］，ㄗ［ts］，ㄓ［tʂ］。

觀察送氣不送氣的方法，可以拿一張薄紙放在唇前約五公分處，試發ㄅㄆ兩音就會發現發ㄅ音紙片不動，發ㄆ音時紙片會迅速顫動。

綜合上述分類標準，我們可以將輔音表列如左。表中所列的僅限於出現於國語和日語的輔音。還有許多用於其他語言的輔音未予列出，以避免印刷上的困難。

第五節　語音的分割結合和連音變化

元音和輔音是我們把實際的發音加以分析所得的最小單位，每一個獨立的元音或輔音不妨稱為「單音」。不過實際上我們在說話或了解對方所說的話時，都是以整個句子做單位來進行的。一個句子可以分為「外形」（語音）和「內容」（語意）兩個層面。例如「ツクエノウエニホンガアル」這個句子，在「外形」上由［tsɯkɯenoɯeni honŋaarɯ］這一連串的單音組成，同時在「內容」上具有＜桌子上有書＞這個意義。語音學的研究是以語言的「外形」為對象，自不待言。

既然一個句子的語音通常都是由一連串的單音所構成，形成一個整體的單位，它和所謂「句調」（intonation）以及「強調」（emphasis）就有密切的關係，這一連串的單音，基於發音生理上的原因和表情達意上的需要，可以分割為若干片斷，叫做「呼吸群」（breath group），可長可短，和句意的段落互相呼應，所以也有人把它叫做「意群」。例如「ツクエノウエニホンガアル」可以分割為［tsɯkɯe

noweni／hoŋŋaarɯ）這兩個「呼吸群」，後面都有一個「間歇」
（pause），常和書面語言中標點符號斷句的地方吻合。

　　「呼吸群」又可更進一步分割爲更小的單位——「強弱群」（stress
group），和「重音」有密切的關係，形成「強弱重音」或「高低重音」
的單位，通常都是有一個發音較重（或較高）的音節形成核心，前後
配以發音較弱（或較低）的音節。上述「ツクヱノウヱニホンガアル
」這個句子，可以分割爲下面四個「強弱群」：〔tsɯkɰeno∥ɰeni
∥hoŋŋa∥arɯ〕。「強弱群」又可進一步分割爲「音節」（syllable），
和長短、音節重音（聲調）有密切的關係。「ツクヱノウヱニホンガ
アル」分割爲音節就是〔tsɯ kɰ e no ɰ e ni hoŋ ŋa a rɯ〕。
音節再加以細分就成爲元音和輔音。

　　音節雖然可以分割爲元音和輔音，可是我們實際說話時意識到的
最小發音單位，通常都是音節。音節原則上必須有一個元音，而輔音
則可有可無。換句話說，元音能夠單獨形成音節，輔音通常無法單獨
形成音節。不過這句話只適用於「語音學上的音節」。實際上每個語
言的元音和輔音的結合方式不盡相同，因此還有所謂「音位學上的音
節」。這是依據每個語言語音結構的特徵而設定的音節，和「語音學
上的音節」未必完全一致，例如日語中的撥音「ン」和促音「ッ」，
從語音學上來看都不能自成一個音節，而是附屬於前面的元音，所以
「ほん」〔hoN〕是一個音節，「はったつ」〔hat ta tsɯ〕是三
個音節。可是從音位學的觀點來看，「ほん」標成／ho N／是兩個
音節，「はったつ」標成／ha Q ta cu／是四個音節。／／代表音
位學上的標音，和〔　〕代表實際的發音有別。下一章中，我們提到
日語音節結構是以音位學上的音節爲主，會加上／／記號，請各位讀
者注意它並不代表實際的發音。

　　以上所說的是由大而小，把句子分割到最小的元音和輔音所牽涉
到的各種問題。相反地，我們可以拿元音和輔音做出發點，由小而大
互相結合，由音節——→強弱群——→呼吸群，以至於句子。值得注意的

是元音和輔音結合時常會受到鄰近音的影響，而產生所謂「連音變化」的現象。比如國語的ㄚ音，單獨發音時是不前不後的低元音［A］，和［n］結合時舌位偏前成爲［an］，和［ŋ］結合的舌位偏後成爲［ɑŋ］。又如國語的「第三聲」和「第三聲」結合時，實際的發音會變成「第二聲＋第三聲」，這也是「連音變化」（嚴格地說「連調變化」）的一種。日語裏頭當然也有此種「連音變化」的現象，第四章第六節提到的「元音清化」就是最顯著的例子。

第三章　日語的音節

第一節　日語音節的種類

「サクラガサイタ」／sakuraŋasaita／這一句話，如果叫一個沒有受過語音學訓練的日本人把它分割成他所能發音的最小片斷的話，大概會分割爲「サ　ク　ラ　ガ　サ　イ　タ」／sa ku ra ŋa sa i ta／七個音節。在日語裏頭，原則上一個音節用一個假名來表示，所以假名被稱爲「音節文字」。有的學者把每個假名所代表的每個音節叫做「拍」或「モーラ」（mora）。例如「サクラ」一詞有三個音節／sa ku ra／，就說是有「三拍」也就是三個モーラ。這裡所說的音節都是指「音位學上的音節」，所以都標有／　／記號。

根據日本傳統的研究，日語的音節可以分爲清音、濁音、半濁音、拗音、撥音、促音、長音等七種。以下分別以平假名、片假名和音位標音列出。

(一)清音

平假名					片假名					音　位				
あ	い	う	え	お	ア	イ	ウ	エ	オ	a	i	u	e	o
か	き	く	け	こ	カ	キ	ク	ケ	コ	ka	ki	ku	ke	ko
さ	し	す	せ	そ	サ	シ	ス	セ	ソ	sa	si	su	se	so
た	ち	つ	て	と	タ	チ	ツ	テ	ト	ta	ci	cu	te	to
な	に	ぬ	ね	の	ナ	ニ	ヌ	ネ	ノ	na	ni	nu	ne	no
は	ひ	ふ	へ	ほ	ハ	ヒ	フ	ヘ	ホ	ha	hi	hu	he	ho
ま	み	む	め	も	マ	ミ	ム	メ	モ	ma	mi	mu	me	mo

や	ゆ	よ	ヤ	ユ	ヨ	ja	ju	jo
ら	り	る	れ	ろ	ラ	リ	ル	レ	ロ	ra ri ru re ro
わ	ゐ	ゑ	を	ワ	ヰ	ヱ	ヲ	wa (i)　(e) (o)

（註）ゐゑ這兩個假名現已不用，を只用於助詞。

(二) 濁音

が ぎ ぐ げ ご	ガ ギ グ ゲ ゴ	（詞首）ga gi gu ge go
		（詞中）(ŋa ŋi ŋu ŋe ŋo)
ざ じ ず ぜ ぞ	ザ ジ ズ ゼ ゾ	za zi zu ze zo
だ ぢ づ で ど	ダ ヂ ヅ デ ド	da (zi) (zu) de do
ば び ぶ べ ぼ	バ ビ ブ ベ ボ	ba bi bu be bo

（註）ぢづ和じず發音完全相同。

(三) 半濁音

| ぱ ぴ ぷ ぺ ぽ | パ ピ プ ペ ポ | pa pi pu pe po |

(四) 拗音

きゃ	きゅ	きょ	キャ	キュ	キョ	kja	kju	kjo
しゃ	しゅ	しょ	シャ	シュ	ショ	sja	sju	sjo
ちゃ	ちゅ	ちょ	チャ	チュ	チョ	cja	cju	cjo
にゃ	にゅ	にょ	ニャ	ニュ	ニョ	nja	nju	njo
ひゃ	ひゅ	ひょ	ヒャ	ヒュ	ヒョ	hja	hju	hjo
みゃ	みゅ	みょ	ミャ	ミュ	ミョ	mja	mju	mjo
りゃ	りゅ	りょ	リャ	リュ	リョ	rja	rju	rjo

ぎゃ	ぎゅ	ぎょ	ギャ	ギュ	ギョ（詞首）gja	gju	gjo
					（詞中）(ŋja	ŋju	ŋjo)
じゃ	じゅ	じょ	ジャ	ジュ	ジョ	zja	zju	zjo

ぢゃ	ぢゅ	ぢょ		ヂャ	ヂュ	ヂョ		(ʑja)	(ʑju)	(ʑjo)
びゃ	びゅ	びょ		ビャ	ビュ	ビョ		bja	bju	bjo
ぴゃ	ぴゅ	ぴょ		ピャ	ピュ	ピョ		pja	pju	pjo

㈲ じゃ　じゅ　じょ 和ぢゃ　ぢゅ　ぢょ 發音相同。

㈤撥音

ん　　　　　　　ン　　　　　　　N

㈥促音

っ　　　　　　　ッ　　　　　　　Q

㈦長音

　　在日語中，元音的長短有區別詞義的作用。例如「おじさん」的意思是＜叔父＞或＜伯父＞，「おじいさん」的意思是＜祖父＞＜爺爺＞，前者「じ」爲短音，後者「じい」爲長音，完全不同。從語音學的觀點來看，長音本身無法分割，「じい」〔dʒi:〕只能算一個音節，但從音位學的觀點來看，因爲長音的長度約爲短音的兩倍，而日語中認定音節的根據就是長度，所以「じい」是兩個音節。有的學者爲了把長音拉長的部分等於一個音節這一點表示出來，就設定／R／這個音位，把「じい」標爲／ziR／。

　　因爲日語的音節基本上屬於開音節，都以元音結尾，而日語的元音只有／a，i，u，e，o／這五個，所以長音也就只有／aR，iR，uR，eR，oR／這五種，但以假名標寫時則採如下方式：

　　⑴片假名中的長音，一律以「ー」標示。例如「スケート」
　　　／skeRto／。

　　⑵平假名的長音，以如下的規則標示：

　　　あ段音（あかさたなはまやらわ）下接「あ」

い段音（いきしちにひみ　　り　） 下接「い」

う段音（うくすつぬふむゆる　） 下接「う」

え段音（えけせてねへめ　　れ　） $\begin{cases} \text{下接「い」} \\ \text{下接「え」} \end{cases}$

お段音（おこそとのほもよろ　） $\begin{cases} \text{下接「う」} \\ \text{下接「お」} \end{cases}$

ああ	アー	aR
いい	イー	iR
うう	ウー	uR
$\begin{cases}えい\\ええ\end{cases}$	エー	eR
$\begin{cases}おう\\おお\end{cases}$	オー	oR

　　純粹從音節的觀點來分類的話，「清音」、「濁音」、「半濁音」可以統稱爲「直音節」，「拗音」稱爲「拗音節」，「撥音」稱爲「撥音節」，「促音」稱爲「促音節」，至於長音本身是兩個音節，故通常不稱長音節，不過有人把拉長的那一部份稱爲＜引く音節＞。

　　從元音和輔音的結合方式來看，日語的音節結構可以分爲下面幾個類型：（ V代表元音，S代表半元音，C代表輔音）

(1)／ V ／型：由一個元音構成。（清音中的／a，i，u，e，o／以及長音／R／）

(2)／ SV ／型：由一個半元音和一個元音構成。（清音中的／ja，ju，jo，wa／

(3)／ CV ／型：由一個輔音和一個元音構成。（(1)(2)以外的清音、濁音、半濁音）

(4)／CSV／型：由一個輔音和一個半元音和一個元音構成。（拗音）

(5) ／　C　／型：由一個輔音構成。（促音、撥音）

綜合上面所述，日語的音節結構有下面幾個特徵：

㈠音節結構單純，種類也少，大約110種左右。每個假名代表一個音節，所以只要每個假名的寫法都學會，就能夠把日語的任何發音改寫成文字。

㈡基本上屬於「開音節」，也就是音節以元音結尾。

㈢每個音節的長度相等。

本節提到的音節都是「音位學上的音節」，並不代表實際的發音，而是把實際的發音加以整理歸納所得的理論上的產物，這一點提醒各位注意。每個音節實際的發音在第四章將有詳細的說明。

第二節　日語的音位

對任何一個語言的語音仔細加以觀察，我們會發現單音的種類相當多，如果嚴密加以區分的話，可以說有無數的可能性存在。在日常的語言行為中，即使是同樣的句子，我們每次的發音一定都會不一樣，即使是聽起來覺得毫無兩樣的語音，實際上若精密加以分析，結果還是會發現有所不同。從語音學的觀點來看，語音的分析越精細越好，應該儘可能對語音的每一個特徵都加以記述。但在實際的語言生活中，通常我們都只注意有辨別詞義作用的成分，下意識地把沒有辨別詞義的成分過濾掉。音位學正是從這個觀點——有沒有辨別詞義作用——來研究語音的一門學問。

語音學上最小的語音單位是「單音」。音位學上與此相當的單位則稱為「音位」（phoneme）。「音位」不妨下定義為：一個語言裏頭有辨別詞義作用的最小語音單位。既然有辨別詞義的作用，在外形上每個音位彼此一定不一樣，形成「對立」。國語的「拔」〔pa^2〕和「爬」〔$p'a^2$〕，意思完全不同，造成這種不同的基本因素是前者輔音為〔p〕，後者輔音為〔p'〕，這時候我們就說〔p〕和〔p'〕有辨別詞義的作用。在國語中分別屬於不同的音位／p／和／p'／。反過

來說，兩個實際上不同但沒有辨別詞義作用的語音，就有被歸納爲同一個音位的可能。例如日語裏頭，語音的送氣不送氣並沒有辨別詞義的作用，所以在實際發音中存在的送氣音和不送氣音就被歸納爲同一個音位。

我們學外國話的發音時，學習目標可以分爲兩個階段，第一個階段就是先求在音位上能夠辨別。也就是說外國話裏頭有辨別詞義作用的不同音位，要先能夠加以區別，這樣外國人才聽得出你所發的是什麼音，才能達到表情達意最起碼的要求——講得通。第二個階段就是求實際發音的完全正確——講得好。有很多人學外國話只能達成第一個目標，未能達成第二個目標。不過站在眞正把外國話學好的立場來說，我們必須要求自己能達到第二個目標，至於實際上做得到做不到還要視努力的程度和天份而定。

根據第一節所列的音節表，我們可以抽出日語的音位如下：

元音音位：／a，i，u，e，o／

輔音音位：／k，s，t，c，n，h，m，j，r，w，g(ŋ)，z，
　　　　　　d，b，p／

特殊音位：／N，Q，R／

音位是對實際發音加以歸納整理而設定的比較抽象的單位，不代表實際的發音，所以我們必須瞭解每一個音位實際的音值。日語的每個音位和實際發音的對照是這樣的：（太精細的發音上的差別予以省略）

元音音位

　／a／：［a］　　／i／：［i］　　　／u／：［ɯ］　／e／：［e］

　／o／：［o］

輔音音位

　／k／：［k］　／s／：［s］［ʃ］　　／t／：［t］　／c／：［ts］［tʃ］

　／n／：［n］［ɲ］　／h／：［h］［ç］［Φ］　　　　／m／：［m］

　／j／：［j］　　　／r／：［ɾ］　　　／w／：［w］　／g／：［g］

(/ŋ/:[ŋ])　　　/z/:[dz]([z])[dʒ]([ʒ])　/d/:[d]

/b/:[b]　　　/p/:[p]

特殊音位

/N/：[m][n][ŋ][N]

/Q/：[p][t][k]

/R/：[:]（長音）

在此必須說明的是特殊音位通常都只能出現在詞中或詞尾，不能出現在詞首。有兩種以上發音的音位，什麼情形下發什麼音，以及每一個音的實際發音方法，從下一節起將有詳細的描述和練習，請各位隨時參照第二章「發音原理和語音分類」中的說明，充分加以利用，多做發音上的練習，以達成把日語發音學好的目標。

單音・音節篇

ひらがな<ruby>表<rt>ひょう</rt></ruby>

01 1. <ruby>清音<rt>せい おん</rt></ruby>

あ a	い i	う u	え e	お o
か ka	き ki	く ku	け ke	こ ko
さ sa	し shi	す su	せ se	そ so
た ta	ち chi	つ tsu	て te	と to
な na	に ni	ぬ nu	ね ne	の no
は ha	ひ hi	ふ fu	へ he	ほ ho
ま ma	み mi	む mu	め me	も mo
や ya		ゆ yu		よ yo
ら ra	り ri	る ru	れ re	ろ ro
わ wa				を o

2. <ruby>濁音<rt>だく おん</rt></ruby>、<ruby>半濁音<rt>はん だく おん</rt></ruby>

が ga	ぎ gi	ぐ gu	げ ge	ご go
(が ŋa	ぎ ŋi	ぐ ŋu	げ ŋe	ご ŋo)
ざ za	じ ji	ず zu	ぜ ze	ぞ zo
だ da	ぢ ji	づ zu	で de	ど do
ば ba	び bi	ぶ bu	べ be	ぼ bo
ぱ pa	ぴ pi	ぷ pu	ぺ pe	ぽ po

3. 拗音

き ゃ kya	き ゅ kyu	き ょ kyo
ぎ ゃ gya	ぎ ゅ gyu	ぎ ょ gyo
し ゃ sha	し ゅ shu	し ょ sho
じ ゃ ja	じ ゅ ju	じ ょ jo
ち ゃ cha	ち ゅ chu	ち ょ cho
に ゃ nya	に ゅ nyu	に ょ nyo
ひ ゃ hya	ひ ゅ hyu	ひ ょ hyo
び ゃ bya	び ゅ byu	び ょ byo
ぴ ゃ pya	ぴ ゅ pyu	ぴ ょ pyo
み ゃ mya	み ゅ myu	み ょ myo
り ゃ rya	り ゅ ryu	り ょ ryo

4. 撥音

ん n

5. 促音

っ

カタカナ表

1. 清音

ア a	イ i	ウ u	エ e	オ o
カ ka	キ ki	ク ku	ケ ke	コ ko
サ sa	シ shi	ス su	セ se	ソ so
タ ta	チ chi	ツ tsu	テ te	ト to
ナ na	ニ ni	ヌ nu	ネ ne	ノ no
ハ ha	ヒ hi	フ fu	ヘ he	ホ ho
マ ma	ミ mi	ム mu	メ me	モ mo
ヤ ya		ユ yu		ヨ yo
ラ ra	リ ri	ル ru	レ re	ロ ro
ワ wa				(ヲ) o

2. 濁音、半濁音

ガ ga	ギ gi	グ gu	ゲ ge	ゴ go
ザ za	ジ ji	ズ zu	ゼ ze	ゾ zo
ダ da			デ de	ド do
バ ba	ビ bi	ブ bu	ベ be	ボ bo
パ pa	ピ pi	プ pu	ペ pe	ポ po

3.　拗音

キャ kya	キュ kyu		キョ kyo
ギャ gya	ギュ gyu		ギョ gyo
シャ sha	シュ shu	シェ she	ショ sho
ジャ ja	ジュ ju	ジェ je	ジョ jo
チャ cha	チュ chu	チェ che	チョ cho
ニャ nya	ニュ nyu		ニョ nyo
ヒャ hya	ヒュ hyu		ヒョ hyo
ビャ bya	ビュ byu		ビョ byo
ピャ pya	ピュ pyu		ピョ pyo
ミャ mya	ミュ myu		ミョ myo
リャ rya	リュ ryu		リョ ryo

	ウィ wi		ウェ we	ウォ wo
クァ kwa				クォ kwo
ツァ tsa			ツェ tse	ツォ tso
	ティ ti	トゥ tu		
ファ fa	フィ fi		フェ fe	フォ fo
	ディ di	デュ du		
（ヴァ va	ヴィ vi	ヴ vu	ヴェ ve	ヴォ vo）

4.　撥音

　　ン n

5.　促音

　　ッ

第四章　發音方法詳述

第一節　清　　音 「セーオン

1-1　短元音 ボイン

あ　い　う　え　お　［a］　［i］　［ɯ］　［e］　［o］

あ［a］：低元音
　發音方法：把嘴張大，舌頭呈自然狀態，舌尖放在下齒齦中央，顫
　　　　　　動聲帶發音。
　比較：和國語的ㄚ［A］音相近，但開口度略小。

い［i］：前高元音
　發音方法：嘴唇略開，上齒和下齒幾乎靠攏，唇角略向外舒展，舌
　　　　　　尖朝下頂著下齒背後，舌面前接近硬顎，顫動聲帶發音。
　比較：和國語的ㄧ［i］音相近，但舌位（舌面的最高點）稍低稍後
　　　　。唇角向外舒展的程度較小。

う［ɯ］：後高元音（非圓唇）
　發音方法：嘴略開，舌面後向軟顎靠近，和い［i］音剛好相反，
　　　　　　唇角略向中央聚攏，顫動聲帶發音。
　比較：國語的ㄨ［u］音也是後高元音，但在唇形和舌位的高低上
　　　　和日語的う［ɯ］音有相當的出入。在唇形上，國語的ㄨ音
　　　　屬於圓唇音，雙唇撮圓而且向外突出，而日語的う音屬於平
　　　　唇音，雙唇保持扁平的狀態。在舌位的高低上，國語的ㄨ音

偏高偏後，日語的う音則稍低稍前。因此二者的音質頗有不同。如果把日語的う音發成國語的ㄨ音，就會有外國口音的感覺，必須特別注意。

え〔e〕：前中元音

發音方法：嘴巴張開的程度介於あ〔a〕和い〔i〕之間，舌面前朝向硬顎半舉，唇角稍向兩側舒展，顫動聲帶發音。

比較：和國語的ㄝ〔e〕音相近。但國語的ㄝ音，只有在象聲詞「挨」〔e〕才單獨出現。此外只出現於複合元音中，例如「爺」〔ie〕，「類」〔lei〕。 因此以國語為母語的人，初次學這個元音時會略感困難。但閩南話和客家話中都有單純的〔e〕音，所以閩南人和客家人學此音不會感到困難。

お〔o〕：後中元音

發音方法：嘴巴張開的程度介於あ〔a〕和う〔ɯ〕之間，舌面後朝向軟顎半舉，唇角略向中央靠攏，振動聲帶發音。

比較：和國語的ㄛ〔o〕音相近，例如「摩」〔mo〕但國語中單獨出現的〔o〕只限於象聲詞，通常都和輔音結合。對中國學生來說，發此音不會有什麼困難。

母音的開口度、唇形、舌位圖

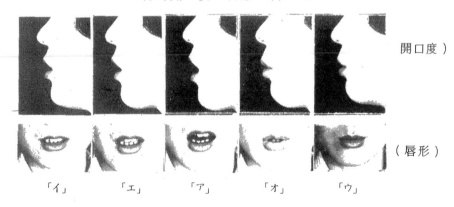

開口度）

（唇形）

「イ」　　　「エ」　　　「ア」　　　「オ」　　　「ウ」

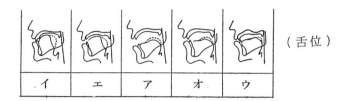

（舌位）

イ　エ　ア　オ　ウ

1-2　長元音

あ あ　〔a：〕

い い　〔i：〕

う う　〔ɯ：〕

{ え い
　え え　〔e：〕

{ お う
　お お　〔o：〕

註：え段長音寫成「え段音」＋「い」（えい，けい，せい，てい，ねい，へい，めい，れい）的佔絕大多數，只有極少數寫成「え段音」＋「え」。お段長音寫成「お段音」＋「う」（おう，こう，そう，とう，のう，ほう，もう，よう，ろう）的佔絕大多數，只有少數寫成「お段音」＋「お」。

發音方法：保持每個短元音的舌位和唇形，將其拉長一倍就成爲長元音。要注意え段長音雖然寫成「え段音」＋「い」，但不能發成〔ei〕，お段長音雖然寫成「お段音」＋「う」，但不能發成〔ou〕。日語的每個音節，除撥音「ん」和促音「っ」外，都可以發出長音。長音通常不包括在清音裏頭，爲了方便練習，把它放在這裏來說明。

比較：國語沒有長元音和短元音之別，也就是說，音節的長短和詞義的辨別無關，因此中國學生對於日語的長音和短音常無法分辨，必須多加練習。

[練習]

1）　あ……………………………………
　　　い……………………………………
　　　う……………………………………
　　　え……………………………………
　　　お……………………………………

注意：在呼氣的可能範圍內，把
　　　每個元音儘量拉長，做發
　　　音練習，仔細體會聲帶的
　　　顫動，開口度，唇形，舌
　　　位以及聲調的高低。

2）　あ　あ　　あ あ　　　　ア［ a ］
　　　い　い　　い い　　　　イ［ i ］
　　　う　う　　う う　　　　ウ［ ɯ ］
　　　え　え　　え い（え え）　エ［ e ］
　　　お　お　　お う（お お）　オ［ o ］

3）　あ　い　う　え　お
　　　あ え い　　　う お あ　　　い え あ
　　　あ え い　　　う お あ　　　い え あ
　　　あ え い お う　　　あ い う え お
　　　あ え い う　　　え お あ お

4）　あい（愛）　　　　　アイ＜愛＞
　　　いえ（家）　　　　　イエ＜房子＞

うえ（上）　　　　　　　　ゥエ＜上面＞

えい（鱓）　　　　　　　　エイ＜海鱔魚＞

おい（甥）　　　　　　　　オイ＜外甥，侄兒＞

5）　い（胃）　　　　　　　　イ＜胃＞

　　いい（良い）　　　　　　イー＜好＞

　　え（絵）　　　　　　　　エ＜畫＞

　　ええ　　　　　　　　　　エー＜嗯＞

　　お（尾）　　　　　　　　オ＜尾巴＞

　　おう（王）　　　　　　　オー＜國王＞

　　いえ（家）　　　　　　　イエ＜房子＞

　　いいえ　　　　　　　　　イーエ＜不＞

　　あおい　うお（青い魚）　アオイウオ＜藍色的魚＞

　　いい　いえ（良い家）　　イーイエ＜好房子＞

2.　か　き　く　け　こ　［ka］　［ki］　［kɯ］　［ke］　［ko］

［k］音：軟顎音。塞音。不帶音。

　發音方法：舌面後抬高和軟顎接觸形成阻塞，擋住氣流，然後迅速

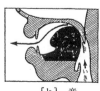

［k］音

放開，使氣流迸出。在［i］前面的［k］音，受到前高元音［i］的影響，產生顎化的現象，舌面後和軟顎接觸的部位移前，靠近硬顎，而且舌面前也隆起。在日語中，［i］前面的輔音通常都有顎化的現象。

　比較：日語的［k］音位於詞首時有輕微的送氣，在聽覺上比較接

近國語的ㄎ[k']。位於詞中，詞尾時，送氣更加微弱，甚至於幾乎不送氣，特別是在促音「ッ」和鼻音「ン」的後面時原則上不送氣，在聽覺上比較接近國語的ㄍ[k]。必須注意的是日語位於詞首的[k]送氣不像國語的ㄎ[k']那麼強，日語位於詞中、詞尾的[k]不像國語的[k]那樣完全不送氣，可以說介於 k 和ㄎ之間。造成這種不同的主要原因是：日語的[k]音發成送氣音或不送氣音，不像國語那樣有辨別詞義的作用。也就是說，在國語裡頭，一個字發成送氣音或不送氣音會造成詞義上的不同，例如「苦」ㄎㄨˇ（送氣）：「古」ㄍㄨˇ（不送氣）。但在日語裡頭「かたい」「堅い」這個詞的「か」音，不管是發成送氣的[k'a]或不送氣的[ka]，都不會造成詞義上的不同，不過因爲[k]音位於詞首通常發成送氣音，如果發成不送氣音，就不合日本人的發音習慣，會讓日本人覺得有些刺耳。

[練習]

1）　か　か　かあ　　　　　カ[ka]

　　き　き　きい　　　　　キ[ki]

　　く　く　ぐう　　　　　ク[kɯ]

　　け　け　けい（けえ）　ケ[ke]

　　こ　こ　こう（こお）　コ[ko]

2）　か　き　く　け　こ

　　かきく　　くけこ　　かこく

こ|けか　　ぐ|きか　　ぐ|こか

こ ‾け ぐ‾ きか　　か ‾きく けこ

か ‾け きく　・　け こ|かこ

3） かい（貝）　　　　　　　　 カ|イ ＜貝＞

　　あかい（赤い）　　　　　 ア カ‾イ ＜紅＞

　　あか（垢）　　　　　　　 ア カ| ＜汚垢＞

　　き（木）　　　　　　　　 キ| ＜樹＞

　　きおく（記憶）　　　　　 キ オ‾ク| ＜記憶＞

　　えき（駅）　　　　　　　 エ|キ ＜火車站＞

　　くい（杭）　　　　　　　 ク|イ ＜椿＞

　　かくえき（各駅）　　　　 カ ク‾エ‾キ ＜毎個車站＞

　　くうき（空気）　　　　　 ク|ーキ ＜空氣＞

　　けいき（景気）　　　　　 ケ ‾ーキ ＜景氣＞

　　けいかく（計画）　　　　 ケ ‾ーカ ク ＜計劃＞

　　おけ（桶）　　　　　　　 オ|ケ ＜木桶＞

　　ここ　　　　　　　　　　 コ コ‾ ＜這兒＞

　　かこう（加工）　　　　　 カ コ‾ー ＜加工＞

　　かいこ（蚕）　　　　　　 カ|イ コ ＜蠶＞

4） かい（貝）　　　　　　　　 カ|イ ＜貝＞

　　かいかい（開会）　　　　 カ イ‾カ イ ＜開會＞

　　き（木）　　　　　　　　 キ| ＜樹＞

きい（奇異）　　　　　　$\overline{\mp}$イ＜奇異＞

くい（杭）　　　　　　　$\overline{ク}$イ＜椿＞
くうい（空位）　　　　　$\overline{ク}$ーイ＜空缺＞

けあい（蹴合い）　　　　ケ$\overline{アイ}$＜互踢＞
けいあい（敬愛）　　　　ケー$\overline{アイ}$＜敬愛＞

こい（恋）　　　　　　　$\overline{コ}$イ＜戀愛＞
こうい（好意）　　　　　$\overline{コ}$ーイ＜好意＞

⓪④ 3.　さ　す　せ　そ 　［sa］　［suɯ］　［se］　［so］
　　　　し 　　　　　　　［ʃi］

［s］音：齒齦音。擦音。不帶音。

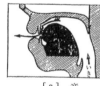

［s］音

　　　　　發音方法：舌尖靠近上齒齦，形成狹窄的空隙，
　　　　　　　　　　　使氣流從空隙擠出。
　　　　　比較：和國語的ㄙ［s］音大致相同，但國語的
　　　　　　　　ㄙ音發音部位稍微偏前，屬於齒音。

［ʃ］音：硬顎齒齦音。擦音。不帶音。

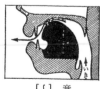

［ʃ］音

　　　　　發音方法：舌面前靠近上齒齦和硬顎的交界處，
　　　　　　　　　　　形成狹窄的空隙，使氣流從空隙擠出。
　　　　　比較：和國語的ㄒ［ɕ］音相近，但日語的［ʃ］
　　　　　　　　發音部位比較偏前。國語的［ɕ］音是舌
　　　　　　　　面前音。

［練習］

1）さ　さ　さあ　　　　　　　　サ［sa］

すす　　ずう　　　　ス〔sɯ〕

せせ　　ぜい（ぜえ）　セ〔se〕

そそ　　ぞう（ぞお）　ソ〔so〕

しし　　じい　　　　　シ〔ʃi〕

2) さ　す　せ　そ　し

すそさ　　させそ　　せさす

じせさ　　ざしす　　ずそし

そせずしさ　　さしずせそ

させしす・せぞさそ

3) さか（坂）　　　　　サカ＜斜坡＞
　おさけ（お酒）　　　オサケ＜日本酒＞
　けさ（今朝）　　　　ケサ＜今晨＞

　すいか（西瓜）　　　スイカ＜西瓜＞
　うすい（薄い）　　　ウスイ＜薄＞
　あす（明日）　　　　アス＜明天＞

　せき（席）　　　　　セキ＜座位＞
　いせい（異性）　　　イセー＜異性＞
　あせ（汗）　　　　　アセ＜汗＞

　そうこ（倉庫）　　　ソーコ＜倉庫＞
　あそこ　　　　　　　アソコ＜那兒＞

うそ（嘘）　　　　　　　ウ｜ソ ＜謊言＞

しあい（試合）　　　　　シアイ ＜比賽＞
さしえ（挿絵）　　　　　サシエ ＜插圖＞
あし（足）　　　　　　　アシ ＜脚＞

4）さ（差）　　　　　　　サ｜ ＜差別＞
　　さあ　　　　　　　　　サ｜ー ＜來吧＞

　　す（酢）　　　　　　　ス｜ ＜醋＞
　　すう（数）　　　　　　ス｜ー ＜數量＞

　　さいこ（最古）　　　　ザイコ ＜最古老＞
　　さいこう（最高）　　　サイコー ＜太棒了＞

　　うすい　さけ（薄い酒）　ウスイ　サケ ＜淡酒＞

　　あさい　そこ（浅い底）　アサイ　ソコ ＜淺底＞

　　おそい　うし（遅い牛）　オソイ　ウシ ＜慢吞吞的牛＞

　　おいしい　おかし　　　　オイシー　オカ｜シ ＜好吃的點心＞
　　（おいしいお菓子）

05 **4. た て と** ［ta］［te］［to］
　　　 ち 　　　　　　［tʃi］
　　　 つ 　　　　　　［tsɯ］

［t］音：齒齦音。塞音。不帶音。

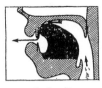

[t] 音

發音方法：舌尖頂住上齒背部和上齒齦交界處，形成阻塞，擋住氣流，然後迅速放開，使氣流迸出。

比較：日語的 [t] 音位於詞首時有輕微的送氣，在聽覺上比較接近國語的ㄊ [t'｜。位於詞中詞尾時，送氣更加微弱，甚至於幾乎不送氣，特別是在促音「ッ」和鼻音「ン」的後面時原則上不送氣，在聽覺上比較接近國語的ㄉ [t]。必須注意的是日語位於詞首的 [t] 送氣不像國語的ㄊ [t'] 那麼強，日語位於詞中詞尾的 [t] 不像國語的ㄉ [t] 那樣完全不送氣，可以說介於ㄉ和ㄊ之間。造成這種不同的主要原因是：日語的 [t] 音發成送氣音或不送氣音，不像國語那樣有辨別詞義的作用。也就是說，在國語裡頭，一個字發成送氣音或不送氣音會造成詞義上的不同，例如「讀」ㄉㄨˊ（不送氣）：「塗」ㄊㄨˊ（送氣）。但在日語裡頭，「たかい」（高い）這個詞的「た」音，不管是發成送氣的 [t'a] 或不送氣的 [ta]，都不會造成詞義上的不同。不過因為 [t] 音位於詞首通常發成送氣音，如果發成不送氣音，就不合日本人的發音習慣，會讓日本人覺得刺耳。

[tʃ] 音：硬顎齒齦音。塞擦音。不帶音。

發音方法：舌面前頂住上齒齦和硬顎交界處，形

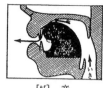

[tʃ] 音

成阻塞，擋住氣流，然後放開，迅即形成和 [ʃ] 同樣的狹窄空隙，使氣流從空隙擠出。兼具塞音和擦音的性質，所以叫做塞擦音。

比較：位於詞首時，接近國語的ㄑ[tɕ‘]，但送氣較弱。位於詞中詞尾。尤其是促音「ッ」和鼻音「ン」的後面時，幾乎不送氣，接近國語的ㄐ[tɕ]。我們可以說日語的 [tʃ]，送氣的程度介於國語的ㄐ和ㄑ之間，並不完全一致。而且在發音部位上，日語的 [tʃ] 比國語的ㄐ[tɕ]和ㄑ[tɕ‘]稍微偏前。

[ts] 音：齒齦音。塞擦音。不帶音。

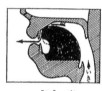

[ts] 音

發音方法：舌尖頂住上齒背部和上齒齦交界處，形成阻塞，擋住氣流，然後放開迅即形成和 [s] 同樣的狹窄空隙，使氣流從空隙擠出。

比較：位於詞首時，接近國語的ㄘ[ts‘]，但送氣較弱。位於詞中詞尾，尤其是促音「ッ」和鼻音「ン」的後面時，幾乎不送氣，接近國語的ㄗ[ts]。實際上日語的 [ts]，送氣的程度介於國語的ㄗ和ㄘ之間，但並不完全一致。發音時要注意送氣不可太強。

[練習]

1）た　た　　だあ　　　　　　　　　ㄊ[ta]

て　て　　でい（てえ）　　　テ［ te ］

と　と　　とう（とう）　　　ト［ to ］

ち　ち　　ちい　　　　　　　チ［ tʃi ］

つ　つ　　つう　　　　　　　ッ［ tsɯ ］

2）た　て　と　ち　つ

　　たてと　　とてた　　たとち

　　ちてた　　つとた　　でとつ

　　たてとちつ　　たちつてと

　　たてちつ・てとたと

3）たいか（大家）　　　　　ダイカ＜權威＞
　　こたえ（答）　　　　　　コタェ＜回答＞
　　うた（歌）　　　　　　　ウタ＜歌曲＞

　　てき（敵）　　　　　　　テキ＜敵人＞
　　かてい（家庭）　　　　　カテー＜家庭＞
　　かいて（買い手）　　　　カイテ＜買主＞

　　とかい（都会）　　　　　トカイ＜都市＞
　　いとこ（従兄弟）　　　　イドコ＜表兄弟、表姊妹＞
　　そと（外）　　　　　　　ソト＜外頭＞

ち（血）　　　　　　　　　　チ＜血＞

たちあい（立会）　　　　　タチアイ＜會同，在場＞

とち（土地）　　　　　　　トチ＜土地＞

つえ（杖）　　　　　　　　ツェ＜拐杖＞

あつい（暑い）　　　　　　アツイ＜天氣熱＞

いつつ（五つ）　　　　　　イツッ＜五個＞

4）　とけい（時計）　　　　　トケー＜錶＞

　　　とうけい（統計）　　　トーケー＜統計＞

　　　ちい（地位）　　　　　チイ＜地位＞

　　　ちいさい（小さい）　　チーザイ＜小＞

　　　いたい　てあし（痛い手足）　イタイ　テアシ＜疼痛的手脚＞

　　　たかい　ていか（高い定価）　タカイ　テーカ＜很貴的價格＞

　　　かたい　てつ（固い鉄）　　カタイ　テツ＜硬鐵＞

　　　あつい　いた（厚い板）　　アツイ　イタ＜厚木板＞

最小音差字對（1）「す」和「つ」，「し」和「ち」

　　　　　　　　　　　〔sɯ〕〔tsɯ〕　〔ʃi〕〔tʃi〕

　　す　　つ　　　　　　　　　ミニマムペア（minimum pair）

　　すぅ　　つぅ

　　すいか（西瓜）　　　　　　スイカ＜西瓜＞

　　ついか（追加）　　　　　　ツイカ＜追加＞

いす（椅子）　　　　　イ￣ス＜椅子＞

いつ　　　　　　　　　イ￩ッ＜何時＞

すいすい　　　　　　　ス￩イスイ＜輕快地＞

ついつい　　　　　　　ツ￣ィッツィ＜無意中＞

すき（好き）　　　　　ⓈＫ￩＜喜歡＞

つき（月）　　　　　　ⓉＫ￩＜月亮＞

し　　ち

し￣い　　ち￣い

いし（石）　　　　　　イ　シ￩＜石頭＞

いち（一）　　　　　　イ　ヂ＜一＞

くし（櫛）　　　　　　ⓀＳ￩＜梳子＞

くち（口）　　　　　　ⓀＴ＜嘴＞

しかく（資格）　　　　Ｓ￣カク＜資格＞

ちかく（地殼）　　　　Ｔ￣カク＜地殼＞

註：以〇圈上的假名代表元音清化的音節。關於元音清化，請參
　　見本章第六節（131頁）。

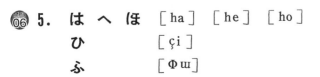

5.　は　へ　ほ　［ha］［he］［ho］

　　ひ　　　　［çi］

　　ふ　　　　［ɸɯ］

〔h〕音：喉音。擦音。不帶音。

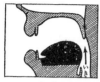

〔h〕音

發音方法：這個輔音和〔a〕〔e〕〔o〕結合
　　　　　成〔ha〕〔he〕〔ho〕。發音時保持
　　　　　後接元音的口形，但在發該元音之前
　　　　　，先讓氣流流出，在聲門處形成摩擦。

比較：國語的ㄏ〔x〕是軟顎音，在後舌面和軟
　　　顎之間形成狹窄的空隙，摩擦較強。

〔ç〕音：硬顎音。擦音。不帶音。

〔ç〕音

發音方法：舌面中靠近硬顎，形成狹窄的空隙，
　　　　　使氣流從空隙擠出。

比較：國語中並無此音，但閩南語和客家語中都
　　　有〔hi〕這個音節，和日語的ひ〔çi〕音
　　　色很接近，不過摩擦較弱。

注意：〔ç〕和〔ʃ〕在聽覺上非常接近，所以
　　　常有混淆的現象，特別是東京話。例如
　　　ヒバチ──→シバチ。

〔Φ〕音：雙唇音。擦音。不帶音。

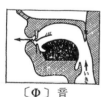

〔Φ〕音

發音方法：雙唇靠近形成狹窄的空隙，使氣流從
　　　　　空隙中擠出。

比較：〔Φ〕音只出現於元音〔ɯ〕之前。〔Φɯ
　　　〕這個音節聽起來和國語的ㄏㄨ〔xu〕很
　　　接近，但必須注意嘴唇不可太圓或突出。
　　　吹熄蠟燭時所發出的聲音就類似此音。〔
　　　Φɯ〕有的人發成〔hɯ〕。

注意：當助詞用的は和へ發音是〔wa〕和〔e〕
　　　，不可發成〔ha〕和〔he〕。

[練習]

1) は　は　ぽあ　　　　　ハ [ha]

　へ　へ　へい（へえ）　ヘ [he]

　ほ　ほ　ぽう（ぽぉ）　ホ [ho]

　ひ　ひ　ぴい　　　　　ヒ [çi]

　ふ　ふ　ぶう　　　　　フ [Φɯ]

2) は　へ　ほ　ひ　ふ

　はへほ　　ほへは　　はほふ

　ぴへは　　ふほは　　はひふ

　ひへはほふ　　はひふへほ

　はへひふ・へぽはほ

3) はい　　　　　　　　ハイ＜是！＞
　たいはい（大敗）　タイハイ＜大敗＞
　さは（左派）　　　ザハ＜左派＞

　へいえき（兵役）　ヘーエキ＜兵役＞
　へそくり（臍繰り）ヘソクリ＜私房錢＞
　おへそ（お臍）　　オヘソ＜肚臍＞

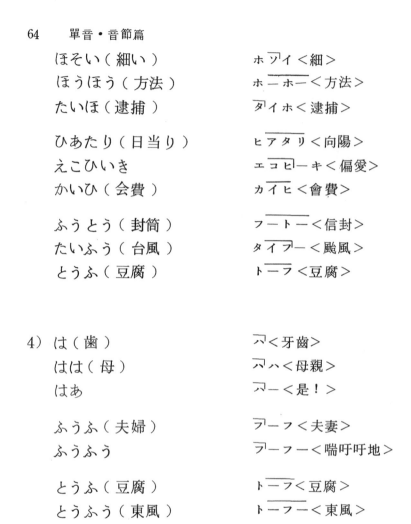

ほそい（細い）　　　　　ホ゜ソイ ＜細＞

ほうほう（方法）　　　　ホ ー ホ ー ＜方法＞

たいほ（逮捕）　　　　　タ゜イホ ＜逮捕＞

ひあたり（日当り）　　　ヒ アタリ ＜向陽＞

えこひいき　　　　　　　エコヒ ー キ ＜偏愛＞

かいひ（会費）　　　　　カイヒ ＜會費＞

ふうとう（封筒）　　　　フ ー ト ー ＜信封＞

たいふう（台風）　　　　タ゜イフ ー ＜颱風＞

とうふ（豆腐）　　　　　ト ー フ ＜豆腐＞

4) は（歯）　　　　　　　　ハ゜ ＜牙齒＞

　　はは（母）　　　　　　　ハ゜ハ ＜母親＞

　　はあ　　　　　　　　　　ハ゜ー ＜是！＞

　　ふうふ（夫婦）　　　　　フ゜ー フ ＜夫妻＞

　　ふうふう　　　　　　　　フ゜ー フ ー ＜喘吁吁地＞

　　とうふ（豆腐）　　　　　ト ー フ ＜豆腐＞

　　とうふう（東風）　　　　ト ー フ ー ＜東風＞

　　ひ（火）　　　　　　　　ヒ゜ ＜火＞

　　ひ（日）　　　　　　　　ヒ ＜太陽＞

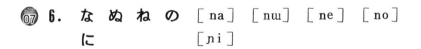

07 6. **な ぬ ね の** ［na］ ［nɯ］ ［ne］ ［no］
　　　　に 　　　　　　［ɲi］

〔n〕音：齒齦音。鼻音。帶音。

[n] 音

發音方法：舌尖頂住上齒背部和上齒齦交界處，形成阻塞，擋住氣流，同時降下軟顎，使氣流從鼻腔流出。

比較：和國語的ㄋ〔n〕相同。

〔ɲ〕：硬顎音。鼻音。帶音。

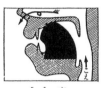

[ɲ] 音

發音方法：舌面前頂住上齒齦後側和硬顎前側，形成阻塞，擋住氣流，同時降下軟顎，使氣流從鼻腔流出。這個音只出現在〔i〕和〔j〕（後述）之前。

比較：〔ɲ〕音可以解釋為〔n〕音在高元音之前受到影響而顎化的結果。日語的ニ〔ni〕，和國語的ㄋㄧ相近，在學習上不會發生困難。

注意：以閩南語為母語的人發な行音時必須注意鼻音不可太重。閩南語凡是鼻音後面的元音都是鼻化元音，例如〔nĩ〕<乳>，〔mĩ〕<麵>。但日語鼻輔音後面的元音，鼻化程度較弱。

〔**練習**〕

1）な　な　　な̄あ　　　　　ナ〔na〕

　　ぬ　ぬ　　ぬ̄う　　　　　ヌ〔nɯ〕

　　ね　ね　　ね̄い（ね̄え）　　ネ〔ne〕

　　の　の　　の̄う（の̄お）　　ノ〔no〕

に　に　　にい　　　　　　　　　　　＝ ［ ɲi ］

2)　な　ぬ　ね　の　に

なねぬ　　ぬのな　　にねな

のねぬにな　　にねなのぬ

なにぬねの

なねにぬ・ねのなの

3)　ないかく（内閣）　　　　　ナイカク＜內閣＞

　　おなか（御腹）　　　　　オナカ＜肚子＞

　　おとな（大人）　　　　　オトナ＜大人＞

　　ぬう（縫う）　　　　　　ヌウ＜縫＞

　　はぬけ（歯抜け）　　　　ハヌケ＜掉牙＞

　　かいいぬ（飼犬）　　　　カイイヌ＜家犬＞

　　ねうち（値打ち）　　　　ネウチ＜價值＞

　　ちねつ（地熱）　　　　　チネッ＜地熱＞

　　おかね（お金）　　　　　オカネ＜錢＞

　　のうなし（能無し）　　　ノーナシ＜無能＞

　　のこす（残す）　　　　　ノコス＜剩＞

　　つの（角）　　　　　　　ッノ＜角＞

　　にし（西）　　　　　　　ニシ＜西方＞

　　たにそこ（谷底）　　　　タニソコ＜谷底＞

　　かに（蟹）　　　　　　　カニ＜螃蟹＞

4）なかなか　いい(中々良い)　ナカナカ　イー＜相當不錯＞

　　おとなしい　ねこ(大人しい猫)　オトナシー　ネコ＜馴順的猫＞

　　たねなし　すいか(種無し西瓜)　タネナシ　スイカ＜無子西瓜＞

　　いぬの　にく（犬の肉）　イヌノ　ニク＜狗肉，香肉＞

　　いなかの　あに（田舎の兄）　イナカノ　アニ＜鄉下的哥哥＞

08 1. ま み む め も　[ma]　[mi]　[mɯ]　[me]　[mo]

[m]音：雙唇音。鼻音。帶音。

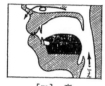

[m] 音

發音方法：雙唇閉攏，形成阻塞，擋住氣流，同
時放下軟顎，使氣流從鼻腔流出。

比較：和國語的ㄇ[m]相同。但日語雙唇閉鎖
的程度不像國語的雙唇音那麼用力。

[練習]

1）ま　ま　まぁ　　　　　　ㄇ[ma]

　　み　み　みい　　　　　　ㄇ[mi]

　　む　む　むう　　　　　　ㄇ[mɯ]

　　め　め　めい（めえ）　　ㄇ[me]

　　も　も　もう（もぉ）　　ㄇ[mo]

2）ま　み　む　め　も

まみむ　　むめも　　むもま

みめま　　めもみ　　むみま

みめまもむ　　まみむめも

まめみむ・めもまも

3）まいあさ（毎朝）　　マイアサ＜每天早上＞
　　とまと　　　　　　トマト＜蕃茄＞
　　いしあたま（石頭）　イシアタマ＜腦筋頑固＞

　　みみ（耳）　　　　ミミ＜耳朵＞
　　かみさま（神様）　カミサマ＜神，天主＞
　　たたみ（畳）　　　タタミ＜踏踏米＞

　　むすめ（娘）　　　ムスメ＜小姐，女兒＞
　　ねむい（眠い）　　ネムイ＜愛睏＞
　　たのむ（頼む）　　タノム＜拜託，請求＞

　　めいし（名刺）　　メーシ＜名片＞
　　むめい（無名）　　ムメー＜無名＞
　　つめ（爪）　　　　ツメ＜指甲，爪子＞

　　もち（餅）　　　　モチ＜年糕＞
　　かいもの（買物）　カイモノ＜買東西＞
　　すもも（李）　　　スモモ＜李子＞

4）あなたの　なまえ（あなたの名前）アナタノ　ナマエ＜你的名字＞

おいしい　みそ（おいしい味噌）　オイシー　ミソ＜好吃的豆醬＞

さむい　とうほく（寒い東北）　サムイ　トーホク＜寒冷的東北＞

つめたい　あめ（冷たい雨）　ツメタイ　アメ＜冰冷的雨＞

みあいの　むすめ（見合いの娘）　ミアイノ　ムスメ＜相親的小姐＞

あねの　にもつ（姉の荷物）　アネノ　ニモッ＜姊姊的行李＞

うめの　はな（梅の花）　ウメノ　ハナ＜梅花＞

09 8. や ゆ よ ［ja］［juɯ］［jo］

［j］音：硬顎音。半元音。帶音。

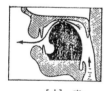

［j］音

發音方法：舌頭的形狀和［i］大致相同，但舌位較高。也就是舌面前和硬顎間的距離比［i］小。屬於過渡音。持續的時間非常短，立刻向下接的元音移動。只出現於［a］［ɯ］［o］三個元音之前。

比較：國語中雖無半元音，但就整個音節來說，日語的や［ja］接近國語的複元音ーㄚ［ĭa］，ゆ［juɯ］接近國語的ーㄨ［ĭu］（第一聲和第二聲），よ［jo］接近國語的ーㄨ［ĭo］（第三聲和第四聲）。

注意：日語的や行音在發音時不可在［j］和［a］［ɯ］［o］之間留下任何空隙，必須緊密結合分別發成一個音節。

[練習]

1) や　や　　やあ　　　　　　　　ヤ〔 ja 〕

　　ゆ　ゆ　　ゆう　　　　　　　　ユ〔 jɯ 〕

　　よ　よ　　よう（よぉ）　　　　ヨ〔 jo 〕

2) や　ゆ　よ

　　やいゆ　　えよや　　ゆよや

　　よえや　　えいよ　　ゆえよ

　　よえゆいや　　やいゆえよ

　　やえいゆ・えよやよ

3) やたい（屋台）　　　　　　ヤ|タイ＜攤子＞
　　くやしい（悔しい）　　　　クヤシ―＜可惜，遺憾＞
　　おおや（大家）　　　　　　オ―ヤ＜房東＞

　　ゆか（床）　　　　　　　　ユ力＜地板＞
　　ふゆやすみ（冬休み）　　　フユヤスミ＜寒假＞
　　おゆ（お湯）　　　　　　　オユ＜開水，洗澡水＞

　　よみち（夜道）　　　　　　ヨ|ミチ＜夜路＞
　　はなよめ（花嫁）　　　　　ハナヨメ＜新娘＞
　　やみよ（闇夜）　　　　　　ヤミ|ヨ＜黑夜＞

4）しや（視野）　　　　　シャ＜眼界＞

　　しあい（試合）　　　　シアイ＜比賽＞

　　ゆめ（夢）　　　　　　ユメ＜夢＞

　　ゆうめい（有名）　　　ユーメー＜著名＞

　　たいよ（貸与）　　　　タイヨ＜貸與＞

　　たいよう（太陽）　　　タイヨー＜太陽＞

　　おさけに　よう（お酒に酔う）　オサケニ　ヨゥ＜喝醉酒＞

　　つよい　はなよめ（強い花嫁）　ツヨイ　ハナヨメ＜能幹的新娘＞

　　よみちに　まよう（夜道に迷う）ヨミチニ　マヨゥ＜迷失在夜路裏＞

　　ゆかいな　やおや（愉快な八百屋）ユカイナ　ヤオヤ＜快活的菜販＞

9.　ら　り　る　れ　ろ　［ɾa］［ɾi］［ɾɯ］［ɾe］［ɾo］

［ɾ］音：齒齦音。閃音。帶音。

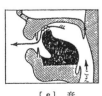

［ɾ］音

發音方法：顫動聲帶的同時，舌尖朝向上齒齦輕輕一彈，迅即放開。注意舌尖不可以頂住上齒齦，否則會變成［d］音。

比較：國語沒有這個音。比較接近的是ㄌ［l］音。但ㄌ屬於邊音，發音時舌尖頂住上齒齦和硬顎的交界處，使氣流從舌尖的兩側流出，和［ɾ］音性質不同。必須注意多練習加以區別。

[練習]

1) ら　ら　　らあ　　　　　　　ラ [ɾa]

　　り　り　　りい　　　　　　　リ [ɾi]

　　る　る　　るう　　　　　　　ル [ɾɯ]

　　れ　れ　　れい（れえ）　　　レ [ɾe]

　　ろ　ろ　　ろう（ろお）　　　ロ [ɾo]

2) ら　り　る　れ　ろ

　　ら りる　　　るれろ　　　　られろ

　　りれら　　　るろら　　　　られり

　　りれらろる　　　らりるれろ

　　られりる・れろらろ

3) らくのう（酪農）　　　ラクノー＜酪農＞
　　つらい（辛い）　　　　ッライ＜辛苦＞
　　むら（村）　　　　　　ムラ＜村子＞

　　りえき（利益）　　　　リエキ＜利益＞
　　のりもの（乗物）　　　ノリモノ＜交通工具＞
　　ゆり（百合）　　　　　ユリ＜百合＞

　　るす（留守）　　　　　ルス＜不在家＞
　　くるしい（苦しい）　　クルシー＜痛苦＞
　　はしる（走る）　　　　ハシル＜跑＞

れいとう（冷凍）　　　　　レ━ト━＜冷凍＞
おれい（お礼）　　　　　　オレ━＜道謝，謝禮＞
どれ　　　　　　　　　　　ド┐レ＜哪一個＞

ろうか（廊下）　　　　　　ロ━カ＜走廊＞
くろかみ（黒髪）　　　　　クロ┐カミ＜黑髮＞
いろ（色）　　　　　　　　イロ┐＜顏色＞

4）いろいろな　のりもの　　イロイロナ　ノリモノ
　　（いろいろな乗物）　　　　＜各式各樣的交通工具＞

　　これと　それと　あれ　　コレト　ソレト　アレ
　　　　　　　　　　　　　　　＜這個和那個和那個＞

　　みどりの　くろかみ（緑の黒髪）　ミ┐ドリノ　クロ┐カミ＜黑亮的頭髮＞

　　まるい　ちりとり（丸い塵取り）　マルイ　チリトリ┐＜圓簸箕＞

　　からい　のり（辛い海苔）　カラ┐イ　ノリ┐＜辣紫菜＞

10.　わ　［wa］

［w］音：雙唇（軟顎）音。半元音。帶音。

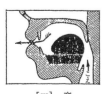

［w］音

發音方法：唇形和舌頭的形狀跟［ɯ］大致相同，但舌位較高，也就是後舌面和軟顎間的距離比［ɯ］小，持續的時間非常短，立刻向下接的元音移動，屬於過渡音。只出現於［a］之前。

比較：國語中雖無半元音，但就整個音節來說，
日語的わ［wa］接近國語的複元音ㄨㄚ［
ǔa］。但必須注意日語的［w］音極短，
和［a］音緊密結合成一個音節。

注意：を只能當助詞用，發音爲［o］，和お相
同。

［練習］

1）わ　わ　わあ　　　　　　　　　　ワ［wa］

わいう　えをわ

わいうえを

わえいう・えをわを

2）わいろ（賄賂）　　　　　ワイロ＜賄賂＞
よわい（弱い）　　　　ヨワイ＜柔弱＞
にわ（庭）　　　　　　ニワ＜庭院＞

3）こわい　ゆうれい（恐い幽霊）　コワイ　ユーレー＜可怕的鬼魂＞

わかい　わたし（若い私）　ワガイ　ワタシ＜年輕的我＞

わたしの　わすれもの　ワタシノ　ワスレモノ
（私の忘れ物）　　　　　　＜我丢掉的東西＞

よわい　わかもの　ヨワイ　ワカモノ
（弱い若者）　　　　　　　＜體弱的年輕小伙子＞

第二節　濁音和半濁音　ダクオン　ハンダクオン

⑫ 1. が ぎ ぐ げ ご ［ga］ ［gi］ ［gɯ］ ［ge］ ［go］

［ g ］音：軟顎音。塞音。帶音。（原則上出現於詞首。）

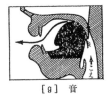

［g］音

發音方法：除了整個發音過程必須顫動聲帶外，
　　　　　發音部位，發音方法都和［ k ］相同。

比較：國語沒有帶音的塞音。音色比較接近的是
不送氣不帶音的ㄍ［ k ］。因此有些人常
有以此代彼的現象，把が、ぎ、ぐ、げ、
ご發成ㄍㄚ　ㄍㄧ　ㄍㄨ　ㄍㄟ　ㄍㄛ，必
須特別注意。母語是閩南話的人不會有這
個現象，因為閩南話本來就有［ g ］音。
例如［gua］＜我＞［gi］＜義＞。

注意：以下練習任何一行的濁音時應特別注意聲
帶的顫動。

［練習］

1）か　が　があ　　　　　ガ［ ga ］

　き　ぎ　ぎい　　　　　ギ［ gi ］

　く　ぐ　ぐぅ　　　　　グ［ gɯ ］

　け　げ　げい（げえ）　ゲ［ ge ］

　こ　ご　ごぅ（ごぉ）　ゴ［ go ］

2）が　ぎ　ぐ　げ　ご

　がぎぐ　　ぐげご　　ごげぐ

がげぎ　　ぐごが　　ぎげが

ぎげがごぐ　　がぎぐげご

がげぎぐ・げごがご

3)　がか（画家）　　　　　　　ガカ＜畫家＞

　　ぎむ（義務）　　　　　　　ギム＜義務＞

　　ぐあい（具合）　　　　　　グアイ＜情形，狀態＞

　　げつまつ（月末）　　　　　ゲツマツ＜月底＞

　　ごみ　　　　　　　　　　　ゴミ＜垃圾＞

最小音差字對（2）　［k］和［g］

　　かきぐけこ　　がぎぐげご

　　か（蚊）　　　　　　　　　カ＜蚊子＞
　　が（蛾）　　　　　　　　　ガ＜蛾＞

　　かいこく（開国）　　　　　カイコク＜開國＞
　　がいこく（外国）　　　　　ガイコク＜外國＞

　　かくめい（革命）　　　　　カクメー＜革命＞
　　がくめい（学名）　　　　　ガクメー＜學名＞

　　きし（騎士）　　　　　　　キシ＜騎士＞

ぎし（ 技師 ）	ギ̄シ＜工程師＞
きり（ 霧 ）	キリ̄＜霧＞
ぎり（ 義理 ）	ギリ̄＜義理＞
きめい（ 記名 ）	キメ̄ー＜記名＞
ぎめい（ 偽名 ）	ギメ̄ー＜假名＞
クラス（ class）	グ̄ラス＜班級＞
グラス（ glass）	グ̄ラス＜玻璃杯＞
くうい（ 空位 ）	グ̄ーイ＜空缺＞
ぐうい（ 寓意 ）	グ̄ーイ＜寓意＞
くるくる　まわる	グ̄ルクル　マ̄ワル＜團團轉＞
ぐるぐる　まく	グ̄ルグル　マ̄ク＜層層纏繞＞
けた（ 桁 ）	ケタ̄＜位數＞
げた（ 下駄 ）	ゲタ̄＜木屐＞
けいゆ（ 軽油 ）	ケ̄ーユ＜輕油＞
げいゆ（ 鯨油 ）	ゲ̄ーユ＜鯨油＞
けり	ケリ̄＜結尾＞
げり（ 下痢 ）	ゲリ̄＜瀉肚＞
こやく（ 子役 ）	コヤ̄ク＜童星＞
ごやく（ 誤訳 ）	ゴヤ̄ク＜譯錯＞
こいし（ 小石 ）	コイ̄シ＜小石子＞
ごいし（ 碁石 ）	ゴイ̄シ＜棋子＞

こうか（高価）　　　　コーカ＜價格高＞
ごうか（豪華）　　　　ゴーカ＜豪華＞

🔵 2. が ぎ ぐ げ ご　［ŋa］［ŋi］［ŋɯ］［ŋe］［ŋo］

びだくおん
鼻濁音　　ビダクオン

［ŋ］音：軟顎音。鼻音。帶音。（原則上出現於詞中詞尾。）

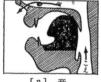

［ŋ］音

發音方法：發音部位和［k］、［g］相同，但軟
顎必須下降，使氣流從鼻腔流出。

比較：國語也有［ŋ］音，但只出現於元音之後
例如ㄅㄤ［paŋ］。閩南語和客家話都有出
現於元音之前的［ŋ］音。學習上不會有
困難。

注意：標準的東京話，がぎぐげご位於詞首時發
成［g］音，位於詞中詞尾時發成［ŋ］
音，但有一些例外。而且有許多年輕的東
京人，不管詞首或詞中詞尾，一律發成［
g］音。站在語言教學的立場，由於が行
鼻濁音比較柔和，成爲標準日語的特色之
一，外國人還是應該把［ŋ］音學會，同
時掌握［ŋ］音和［g］音出現位置的不
同。

［練習］

1) が　が。　があ　　　　ガ［ŋa］

　　ぎ　ぎ。　ぎい　　　　ギ［ŋi］

ぐ　ぐ゜　ぐ゜う　　　　　　　ク゜［ ŋɯ ］

げ　げ゜　げ゜い（げ゜え）　　ケ゜［ ŋe ］

ご　ご゜　ご゜う（ご゜ぉ）　　コ゜［ ŋo ］

2）　が゜　ぎ゜　ぐ゜　げ゜　ご゜

　　が゜ぎ゜ぐ゜　　ぐ゜げ゜ご゜　　ご゜げ゜ぐ゜

　　が゜げ゜ぎ゜　　ぐ゜ご゜が゜　　ぎ゜げ゜が゜

　　ぎ゜げ゜が゜ご゜ぐ゜　　が゜ぎ゜ぐ゜げ゜ご゜

　　が゜げ゜ぎ゜ぐ゜・げ゜ご゜が゜ご゜

3）　かがく（科学）　　　　カ゜ガク＜科學＞

　　こうがい（公害）　　　コ゜ーガイ＜公害＞

　　てがみ（手紙）　　　　テガミ＜信＞

　　おにぎり（お握り）　　オ゜ニギリ＜飯團＞

　　かいぎ（会議）　　　　カ゜イギ＜會議＞

　　つぎ（次）　　　　　　ツギ゜＜下次＞

　　かぐ（家具）　　　　　カ゜グ＜傢俱＞

　　うぐいす（鶯）　　　　ウグ゜イス＜黄鶯＞

　　めぐすり（目薬）　　　メグ゜スリ＜眼藥＞

　　ひげ（髭）　　　　　　ヒゲ゜＜髭鬚＞

　　きげき（喜劇）　　　　キ゜ゲキ＜喜劇＞

　　とうげ（峠）　　　　　トーゲ゜＜嶺，山頂＞

えいご（英語）　　　　　　エーゴ＜英語＞

まごころ（真心）　　　　　マゴコロ＜眞心＞

しごと（仕事）　　　　　　シゴト＜工作＞

がいらいご（外来語）　　　ガイライゴ＜外來語＞

注意：下列不發成鼻音。

1）おげんき（お元気）　　　　オゲンキ＜(肉體精神狀態)良好＞

　　あさごはん（朝御飯）　　　アサゴハン＜早飯＞

2）じゅうご（十五）　　　　　ジューゴ＜十五＞

　　せんごひゃく（千五百）　　センゴヒャク＜一千五百＞

3）ガタガタ　　　　　　　　　ガタガタ＜格登格登(響)＞

　　ゲラゲラ　　　　　　　　　ゲラゲラ＜高聲發笑貌＞

4）カタログ（catalogue）　　　カタログ＜目錄＞

　　イデオロギー（德 Ideologie）イデオロギー＜意識形態＞

最小音差字對（3）　　［g］和［ŋ］

がぎぐげご　　がぎぐげご

ぎかい（議会）　　　　　　ギカイ＜議會＞

しぎかい（市議会）　　　　シギカイ＜市議會＞

ごい（語彙）　　　　　　　ゴイ＜語彙＞

いご（囲碁）　　　　　　　イゴ＜圍棋＞

ごま（胡麻）　　　　　　　ゴマ＜芝蔴＞

まご（孫）　　　　　　　　マゴ＜孫子＞

げき（劇）　　　　　　　　ゲキ＜戲劇＞

かげき（歌劇）　　　　　カ「ゲキ＜歌劇＞

かがく（化学）　　　　　カ「ガク＜化學＞

ががく（雅楽）　　　　　ガ「ガク＜雅樂＞

こご（古語）　　　　　　コ「ゴ＜古語＞

ごご（午後）　　　　　　ゴ「ゴ＜下午＞

注意：表示主語的格助詞「が」一律發成［ŋa］。

わたしが……　　　　　ワタ「シガ＜我……＞

イギリスが……　　　　イ「ギリスガ＜英國＞

かぐが（家具が）……　カ「グガ＜傢俱……＞

3. ざ ず ぜ ぞ　［dza］［dzɯ］［dze］［dzo］　詞首
　　　（づ）　　　（［za］［zɯ］［ze］［zo］）　詞中
　　　　　　　　　　　　　　　　　　　　　　　　　詞尾

［dz］音：齒齦音。塞擦音。帶音。（原則上出現於詞首）

　　　　　　　　　發音方法：除了整個發音過程必須顫動聲帶外，

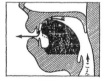

[dz] 音

　　　　　　　　　　　　　　發音部位，發音方法都和［ts］相同。
　　　　　　　　　比較：國語沒有這個音，比較接近的是不送氣不
　　　　　　　　　　　　帶音的ㄗ［ts］，但二者性質不同，一爲
　　　　　　　　　　　　帶音一爲不帶音，必須加以區別。

［z］音：齒齦音。擦音。帶音。（原則上出現於詞中詞尾）

　　　　　　　　　發音方法：除了整個發音過程必須顫動聲帶外，

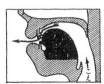

[z] 音

　　　　　　　　　　　　　　發音部位，發音方法都和［s］相同。
　　　　　　　　　比較：國語沒有這個音。但學習上不會有什麼困
　　　　　　　　　　　　難。

[練習]

1)　ざ　ざ　ざあ　　　　　　　　ザ [dza]

　　ず（づ）　ず　ずぅ（づぅ）　　ズ [dzɯ]

　　ぜ　ぜ　ぜい（ぜえ）　　　　　ゼ [dze]

　　ぞ　ぞ　ぞう（ぞぉ）　　　　　ゾ [dzo]

2)　ざ　ず　ぜ　ぞ

　　ざぜず　　ずぞざ

　　ぞぜず　　ざぞず

　　ぞぜずざ　　ぜざぞず

3)　ざいあく（罪悪）　　　　　ザイアク＜罪惡＞

　　ゆざまし（湯冷し）　　　　ユザマシ＜涼開水＞

　　せいざ（星座）　　　　　　セーザ＜星座＞

　　ずるい（狡い）　　　　　　ズルイ＜狡猾＞

　　すずり（硯）　　　　　　　スズリ＜硯臺＞

　　ちず（地図）　　　　　　　チズ＜地圖＞

　　つづく（続く）　　　　　　ッズク＜繼續＞

　　こづつみ（小包）　　　　　コズッミ＜包裹＞

　　みかづき（三日月）　　　　ミカズキ＜新月＞

　　ぜいにく（贅肉）　　　　　ゼーニク＜贅肉，肥肉＞

こぜに（小銭）　　　　　コ￣ゼニ＜零錢＞

かぜ（風）　　　　　　　カ￣ゼ＜風＞

ぞうか（造花）　　　　　ゾ￣ーカ＜人造花＞

かぞく（家族）　　　　　カ￣ゾク＜家人＞

なぞなぞ（謎々）　　　　ナ￣ゾナゾ＜謎語＞

最小音差字對（4）　［ s ］和［ dz ］（［ z ］）

さず゛せそ　　ざず゛ぜぞ

さいかい（再会）　　　　サ￣イカイ＜重逢＞
ざいかい（財界）　　　　ザ￣イカイ＜經濟界＞

させつ（左折）　　　　　サ￣セツ＜左轉＞
ざせつ（挫折）　　　　　ザ￣セツ＜挫折＞

すす（煤）　　　　　　　ス￣ス＜煤灰＞
すず（錫）　　　　　　　ス￣ズ＜錫＞

すいい（水位）　　　　　ス￣イイ＜水位＞
ずいい（随意）　　　　　ズ￣イイ＜隨意＞

せい（性）　　　　　　　ゼ￣ー＜性＞
ぜい（税）　　　　　　　ゼ￣ー＜税＞

せいがく（声楽）　　　　セ￣ーカ゜ク＜聲樂＞
ぜいがく（税額）　　　　ゼ￣ーカ゜ク＜税額＞

しそく（子息）　　　　　シ￣ゾク＜公子＞
しぞく（士族）　　　　　シ￣ゾク＜士族＞

⑮　**4. じ（ぢ）**　　　［dʒi］　　　詞首
　　　　　　　　（［ʒi]）　　　詞中
　　　　　　　　　　　　　　　詞尾

［dʒ］音：硬顎齒齦音。塞擦音。帶音。（原則上出現於詞首）

［dʒ]· 音

發音方法：除了整個發音過程必須顫動聲帶外，
　　　　　發音部位，發音方法都和［tʃ］相同。

比較：國語沒有這個音，比較接近的是不送氣不
　　　帶音的ㄐ［tɕ］，但二者性質不同，一為
　　　帶音一為不帶音，必須加以區別。

［ʒ］音：硬顎齒齦音。擦音。帶音。（原則上出現於詞中詞尾）

［ʒ] 音

發音方法：除了整個發音過程必須顫動聲帶外，
　　　　　發音部位，發音方法都和［ʃ］相同。

比較：國語沒有這個音，但學習上不會有什麼困
　　　難。

注意：ざ行音在詞首時發成［dza dʒi dzɯ dze
　　　dzo］，在詞中詞尾時發成［za ʒi zɯ ze
　　　zo]通常不必經過特別練習，能夠自動交
　　　替，因為這是發音上很自然的現象。

［練習]

1）じ（ぢ）じ　じい（ぢい）　　　　ジ［dʒi］

2）じこ（事故）　　　　ジコ＜車禍＞
　　じじつ（事実）　　　ジジッ＜事實＞
　　はじ（恥）　　　　　ハジ＜恥辱＞

かじ（火事）　　　　　　　カジ＜失火，火災＞
てじな（手品）　　　　　　デジナ＜魔術＞

はなぢ（鼻血）　　　　　　ハナジ＜鼻血＞
ちぢむ（縮む）　　　　　　チジム＜縮小＞
いれぢえ（入れ知恵）　　　イレジエ＜出主意，授策＞

3）しぞく（士族）　　　　　ジゾク＜士族＞
　　じそく（時速）　　　　　ジソク＜時速＞

5.　だ　で　ど　［da］［de］［do］

［d］音：齒齦音。塞音。帶音。

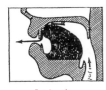

［d］音

發音方法：除了整個發音過程必須顫動聲帶外，
　　　　　發音部位，發音方法都和［t］相同
　　　　　。只出現於［a］［e］［o］三個
　　　　　元音之前。

比較：國語沒有這個音，比較接近的是不送氣不
　　　帶音的ㄉ［t］。因此有些人常把だでど
　　　發成ㄉㄚ　ㄉㄟ　ㄉㄡ，必須特別加以注意
　　　。閩南語也沒有這個音，以閩南語為母語
　　　的人常會以［l］音代替だ行的［d］音
　　　和ら行的［ɾ］音，結果造成だ行音和ら
　　　行音不分的現象，應多加練習予以區別。

注意：ぢ和づ雖然在文字上還使用，但發音跟じ
　　　和ず完全相同。

[練習]

1) た　だ　　だあ　　　　　　　　　ダ [da]

　　て　で　　でい（でえ）　　　　　デ [de]

　　と　ど　　どう（どお）　　　　　ド [do]

2) だ　で　ど

　　どでだ　　　でどだ　　　だでど

　　だでど　　　でどだ　　　だどで

　　だぢづでど

　　だでぢづ・でどだど

3) だいがく（大学）　　　　　ダイガク＜大學＞
　　くだもの（果物）　　　　　クダモノ＜水果＞
　　たてふだ（立札）　　　　　タテフダ＜告示牌＞

　　でぐち（出口）　　　　　　デグチ＜出口＞
　　そでなし（袖無し）　　　　ソデナシ＜無袖＞
　　はで（派手）　　　　　　　ハデ＜華麗＞

　　どぶ（溝）　　　　　　　　ドブ＜水溝＞
　　こども（子供）　　　　　　コドモ＜小孩＞
　　いど（井戸）　　　　　　　イド＜井＞

最小音差字對（5）　〔 t 〕和〔 d 〕

たてと　だでど

たいがく（退学）	タイガク＜退學＞
だいがく（大学）	ダイガク＜大學＞
かたい（堅い）	カタイ＜硬＞
かだい（課題）	カダイ＜課題＞
ため（為）	タメ＜爲了……＞
だめ（駄目）	ダメ＜不行＞
たに（谷）	タニ＜谷＞
だに	ダニ＜壁蝨＞
てぐち（手口）	テグチ＜手段＞
でぐち（出口）	デグチ＜出口＞
てる（照る）	テル＜照＞
でる（出る）	デル＜出去＞
てさき（手先）	テサキ＜走狗＞
でさき（出先）	デサキ＜去處＞
はて（果て）	ハテ＜盡頭＞
はで（派手）	ハデ＜華麗＞
とく（得）	トク＜好處＞
どく（毒）	ドク＜毒＞
いと（糸）	イト＜線＞
いど（井戸）	イド＜井＞

とぶ（飛ぶ）　　　　　　　トブ＜飛，跳＞
どぶ（溝）　　　　　　　　ドブ＜水溝＞

すいとう（水筒）　　　　　スイトー＜水壺＞
すいどう（水道）　　　　　スイドー＜自來水＞

最小音差字對（6）　　［ d ］和［ ɾ ］

だでど　　られろ

だらだら　　でれでれ　　どろどろ　　おどおど

だいめい（題名）　　　　　ダイメー＜題名＞
らいめい（雷鳴）　　　　　ライメー＜雷鳴＞

ダイス（dice）　　　　　　ダイス＜骰子＞
ライス（rice）　　　　　　ライス＜飯＞

らくだい（落第）　　　　　ラクダイ＜不及格＞
らくらい（落雷）　　　　　ラクライ＜落雷＞

ただす（正す）　　　　　　タダス＜改正＞
たらす（垂らす）　　　　　タラス＜垂下來＞

くだもの（果物）　　　　　クダモノ＜水果＞
*くらもの

ください　　　　　　　　　クダサイ＜請…，給我…＞
*くらさい

からだ（体）　　　　　　　カラダ＜身體＞
*かだら

でる（出る）　　　　　　　デル＜出去＞

れる	レル ＜被動助動詞＞
おでこ	オデコ ＜前額＞
*おれこ	
ふで（筆）	フデ ＜毛筆＞
ふれ（振れ）	フレ ＜擺動（的程度）＞
どく（毒）	ドク ＜毒＞
ろく（六）	ロク ＜六＞
どうし（同志）	ドーシ ＜同志＞
ろうし（労資）	ローシ ＜勞資＞
どうか（同化）	ドーカ ＜同化＞
ろうか（廊下）	ローカ ＜走廊＞
こども（子供）	コドモ ＜小孩＞
ころも（衣）	コロモ ＜衣裳＞
いど（井戸）	イド ＜井＞
いろ（色）	イロ ＜顏色＞
どうぞ	ドーゾ ＜請＞
*ろうぞ	
だいどころ（台所）	ダイドコロ ＜廚房＞
*らいろころ	

註：附有 *號的都是實際上並不存在的字，把它列出來只是爲了發音
　　練習上的方便。

較難發音單字的發音練習法

○先發最後面的一個音節，然後依次往前累加。

[練習]

だいどころ（台所）　　　　　ダイドコロ＜廚房＞

1. ろ
2. ころ
3. どころ
4. いどころ
5. だいどころ

なだらかな　さか（なだらかな坂）ナダラカナ　サカ＜緩坡＞

1. か
2. さか
3. な　さか
4. かな　さか
5. らかな　さか
6. だらかな　さか
7. なだらかな　さか

からだが　だるい（体がだるい）　カラダガ　ダルイ　　＜渾身懶洋洋自

1. い
2. るい
3. だるい
4. が　だるい
5. だが　だるい
6. らだが　だるい
7. からだが　だるい

17　6.　ぱ　ぴ　ぷ　ぺ　ぽ　〔pa〕〔pi〕〔pɯ〕〔pe〕〔po〕

（半濁音）ハンダ<u>ク</u>オン

〔p〕音：雙唇音。塞音。不帶音。

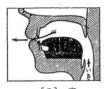

〔p〕音

發音方法：雙唇閉攏，形成阻塞，擋住氣流，然後迅速放開，使氣流迸出。

比較：日語的〔p〕音位於詞首時有輕微的送氣，在聽覺上比較接近國語的ㄆ〔pʻ〕。位於詞中詞尾時，送氣更加微弱，甚至於幾乎不送氣，特別是在促音「ッ」和鼻音「ン」的後面時原則上不送氣。在聽覺上比較接近國語的ㄅ〔p〕。必須注意的是日語位於詞首的〔p〕送氣不像國語的ㄆ〔pʻ〕那麼強，日語位於詞中詞尾的〔p〕又不像國語ㄅ〔p〕那樣完全不送氣，可以說介於ㄅ和ㄆ之間。造成這種不同的重要原因是：日語的〔p〕音發成送氣音或不送氣音，不像國語那樣有辨別詞義的作用。在國語裏頭，「拔」ㄅㄚˊ（不送氣）和「爬」ㄆㄚˊ（送氣）是兩個不同的詞。可是在日語裏頭，「スパイ」（間諜）這個詞的「パ」音，不管是發成送氣的〔pʻa〕或不送氣的〔pa〕，都不會造成詞義上的不同。不過〔p〕音位於詞首發送氣音，位於詞中詞尾發不送氣音是日本人發音上的習慣，我們還是不能違背他們的習慣，否則會讓他們覺得發音有些奇怪。

注意：在詞首發成送氣音，在詞中詞尾發成不送
氣音是［p］［t］［k］三音共通的現
象，不過在強調的時候，這個規則就消失
，［p］［t］［k］一律發成送氣音，
而且氣息加強。

［練習］

1）ぱ　ぱ　ぱあ　　　　　　　パ［pa］

　　ぴ　ぴ　ぴい　　　　　　　ピ［pi］

　　ぷ　ぷ　ぷう　　　　　　　プ［pɯ］

　　ぺ　ぺ　ぺい（ぺえ）　　　ペ［pe］

　　ぽ　ぽ　ぽう（ぽぉ）　　　ポ［po］

2）ぱ　ぴ　ぷ　ぺ　ぽ

　　ぱぴぷ　　ぽぺぷ　　　ぷぽぱ

　　ぱぺぴ　　ぴぺぱ

　　ぴぺぱぽぷ　　　ぱぴぷぺぽ

　　ぱぺぴぷ・ぺぽぱぽ

3）パパ　　　　　　　　　　パパ＜爸爸＞
　　パリ（Paris）　　　　　　パリ＜巴黎＞
　　パーマ（permanent）　　　パーマ＜燙髮＞

ピアノ（piano）	ピアノ＜鋼琴＞
ピリオド（period）	ピリオド＜終止符＞
ピーク（peak）	ピーク＜尖峯＞
プロ（professional）	プロ＜職業選手＞
プレーガイド（play guide）	プレーガイド＜預售票處＞
タイプ（type）	タイプ＜打字，型式＞
ぺらぺら	ペラペラ＜説的流利＞
ペーパー（paper）	ペーパー＜紙＞
プロペラ（propeller）	プロペラ＜螺旋槳＞
ポーカー（poker）	ポーカー＜撲克牌戲＞
ポーズ（pose）	ポーズ＜姿勢＞
ぽかぽか	ポカポカ＜暖和和的＞

7.　ば　び　ぶ　べ　ぼ　[ba]　[bi]　[bɯ]　[be]　[bo]

［b］音：雙唇音。塞音。帶音。

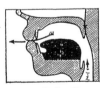

[b] 音

發音方法：除了整個發音過程必須顫動聲帶外，
　　　　　發音部位，發音方法都和［p］相同。
比較：國語沒有這個音，比較接近的是不送氣不
　　　帶音的ㄅ［p］。因此有些人常把ばびぶ
　　　べぼ發成ㄅㄚ　ㄅー　ㄅㄨ　ㄅㄟ　ㄅㄛ，必
　　　須注意。以閩南語為母語的人就不會有這
　　　種現象，因為閩南語本來就有［b］音。
　　　例如：［baʔ］＜肉＞，［bi］＜米＞。

[練習]

1)　ば　ば　　ばぁ　　　　　　　　バ [ba]

　　び　び　　びぃ　　　　　　　　ビ [bi]

　　ぶ　ぶ　　ぶぅ　　　　　　　　ブ [bɯ]

　　べ　べ　　べぃ（べぇ）　　　　べ [be]

　　ぼ　ぼ　　ぼぅ（ぼぉ）　　　　ボ [bo]

2)　ば　び　ぶ　べ　ぼ

　　ばびぶ　　ぼべぶ　　　ぶぼば

　　ぼべび　　びべば

　　びべばぼぶ　　ばびぶべぼ

　　ばべびぶ・べぼばぼ

3)　バケツ（bucket）　　　　バケツ＜水桶＞
　　ばいばい（売買）　　　　バイバイ＜買賣＞
　　かば（河馬）　　　　　　カバ＜河馬＞

　　びがく（美学）　　　　　ビガク＜美學＞
　　ゆびわ（指輪）　　　　　ユビワ＜戒指＞
　　ひあそび（火遊び）　　　ヒアソビ＜玩火＞

　　ぶつり（物理）　　　　　ブツリ＜物理＞
　　てぶくろ（手袋）　　　　テブクロ＜手套＞

とぶ（飛ぶ）　　　　　　　トブ＜飛，跳＞

べいこく（米国）　　　　　ベーコク＜美國＞
さべつ（差別）　　　　　　サベツ＜差別＞
なべ（鍋）　　　　　　　　ナベ＜鍋＞

ぼうえき（貿易）　　　　　ボーエキ＜貿易＞
まぼろし（幻）　　　　　　マボロシ＜幻影＞
そぼ（祖母）　　　　　　　ソボ＜祖母＞

最小音差字對（7）　　［p］和［b］

ぱぴぷぺぽ　　ばびぶべぼ

パス（pass）　　　　　　　パス＜合格＞
バス（bus）　　　　　　　バス＜公共汽車＞

パー　　　　　　　　　　　パー＜（猜拳的）布＞
バー（bar）　　　　　　　バー＜酒吧＞

パパ（papa）　　　　　　　パパ＜爸爸＞
ババ（馬場）　　　　　　　ババ＜練馬場＞

ぱらぱら　　　　　　　　　パラパラ＜稀稀落落＞
ばらばら　　　　　　　　　バラバラ＜七零八落＞

ぴくぴく　　　　　　　　　ピクピク＜抽動＞
びくびく　　　　　　　　　ビクビク＜提心吊膽＞

ぷかぷか　　　　　　　　　プカプカ＜噴雲吐霧＞
ぶかぶか　　　　　　　　　ブカブカ＜漂浮＞

ぺらぺら　　　　　　　　ペ̄ラペラ＜說得流利＞
べらべら　　　　　　　　ベ̄ラベラ＜滔滔不絕＞

ポーズ（pose）　　　　　ポ̄ーズ＜姿勢＞
ぼうず（坊主）　　　　　ボ̄ーズ＜和尚＞

第三節　拗　　音

ヨ̄ーオン

19 **1.　きゃ　きゅ　きょ　〔kja〕〔kjɯ〕〔kjo〕**

〔kj〕音：不帶音的軟顎塞音〔k〕加上半元音〔j〕。

發音方法和應注意事項：參見第一節2〔k〕音
（51頁）和第一節8〔j〕音（69頁）
的說明。

注意：拗音雖然用兩個假名標寫，實際發音則爲
一個音節。必須注意不可在拗音的兩個假
名之間插入元音〔i〕。

〔練習〕

1)　きゃ　きゃ̄あ　きや̄　きあ̄　　　キャ〔kja〕

きゅ　きゅ̄う　きゆ̄　きう̄　　　キュ〔kjɯ〕

きょ　きょ̄う　きよ̄　きお̄　　　キョ〔kjo〕

2)　きゃ　きゅ　きょ

きゅきょきゃ　　きゃきゅきょ

きゃけききゅ・けきょきゃきょ

3)　きゃくま（客間）　　　　キャクマ＜客廳＞
　　おきゃく（お客）　　　　オキャク＜客人＞

　　きゅうけい（休憩）　　　キューケー＜休息＞
　　せいきゅう（請求）　　　セーキュー＜索取＞
　　やきゅう　（野球）　　　ヤキュー＜棒球＞

　　きょうかい（教会）　　　キョーカイ＜教堂＞
　　とうきょう（東京）　　　トーキョー＜東京＞
　　どうきょ　（同居）　　　ドーキョ＜同住＞

4)　きゃく（客）　　　　　　キャク＜客人＞
　　きやく（規約）　　　　　キヤク＜規章＞

　　きゅう（九）　　　　　　キュー＜九＞
　　きゆう（杞憂）　　　　　キユー＜杞憂＞

　　きょか（許可）　　　　　キョカ＜許可＞
　　きょうか（強化）　　　　キョーカ＜強化＞

　　どうきょ（同居）　　　　ドーキョ＜同住＞
　　どうきょう（同郷）　　　ドーキョー＜同郷＞

　　こきょう（故郷）　　　　コキョー＜故郷＞
　　こきよう（小器用）　　　コキヨー＜靈巧＞

きょ（許）　　　　　　　　$\overline{キョ}$＜許（姓）＞

きょう（今日）　　　　　　$\overline{キョ}ー$＜今天＞

きよ（寄与）　　　　　　　$\overline{ギョ}$＜貢獻＞

きよう（器用）　　　　　　$\overline{ギョ}ー$＜機靈，手巧＞

⑳ **2.　ぎゃ　ぎゅ　ぎょ**　［gja］　［gjɯ］　［gjo］

［gj］音：帶音的軟顎塞音［g］加上半元音［j］。（原則上出現
　　　　於詞首）

　　　　　　　發音方法和應注意事項：參見第二節 1［g］音
　　　　　　　　　　（75頁）和第一節 8［j］音（69頁）
　　　　　　　　　　的說明。

［練習］

1）ぎゃ　$\overline{ぎゃ}あ$　ぎや　$ぎ\overline{あ}$　　　ギャ［gja］

　　ぎゅ　$\overline{ぎゅ}う$　$ぎ\overline{ゆ}$　$ぎ\overline{う}$　　　ギュ［gjɯ］

　　ぎょ　$\overline{ぎょ}う$　$ぎ\overline{よ}$　$ぎ\overline{お}$　　　ギョ［gjo］

2）ぎゃ　ぎゅ　ぎょ

　　$ぎゃ\overline{ぎゅぎょ}$　　$ぎゃ\overline{ぎゅぎょ}$

　　$ぎゃ\overline{げぎぎゅ}・げ\overline{ぎょ}ぎゃぎょ$

3）ぎゃく（逆）　　　　　　　　ギャク＜相反＞

　　ぎゃくもどり（逆戻り）　　　ギャクモドリ＜開倒車＞

　　ぎゅうにく（牛肉）　　　　　ギューニク＜牛肉＞

　　ぎゅうば（牛馬）　　　　　　ギューバ＜牛馬＞

　　ぎょうじ（行事）　　　　　　ギョージ＜例行活動＞

　　ぎょうせい（行政）　　　　　ギョーセー＜行政＞

　　ぎょぶつ（御物）　　　　　　ギョブッ＜皇家御用物＞

　　ぎゆうへい（義勇兵）　　　　ギユーヘー＜義勇兵＞

3.　ぎゃ　ぎゅ　ぎょ　［ŋja］　［ŋjɯ］　［ŋjo］

　　［ŋj］音：帶音的軟顎鼻音［ŋ］加上半元音［j］。（原則上出現
　　　　　於詞中詞尾）

　　　　　　　　　　　發音方法和應該注意事項：參見第二節 2 ［ŋ］

　　　　　　　　　　　音（78頁）和第一節 8 ［j］音

　　　　　　　　　　　（69頁）的說明。

［練習］

1）ぎゃ　ぎゃ　ぎゃあ　　　　　ギャ［ŋja］

　　ぎゅ　ぎゅ　ぎゅう　　　　　ギュ［ŋjɯ］

　　ぎょ　ぎょ　ぎょう（ぎょお）　ギョ［ŋjo］

2) ぎゃ ぎゅ ぎょ

　　　ぎゅぎょぎゃ　　ぎゃぎゅぎょ

　　　ぎゃげぎぎゅ・げぎょぎゃぎょ

3) あんぎゃ（行脚）　　　　アンギャ＜雲遊＞

　　すいぎゅう（水牛）　　　スイギューー＜水牛＞

　　ぎょぎょう（漁業）　　　ギョギョーー＜漁業＞
　　ちぎょ（稚魚）　　　　　チギョ＜魚苗＞

4) のうきょう（農協）　　　ノーキョーー＜農會＞
　　のうぎょう（農業）　　　ノーギョーー＜農業＞

　　せいぎょ（制御）　　　　セーギョ＜控制＞
　　せいぎょう（正業）　　　セーギョーー＜正業＞

㉒ 4. しゃ しゅ しょ 〔ʃa〕〔ʃɯ〕〔ʃo〕

〔ʃ〕音：硬顎齒齦音。擦音。不帶音。

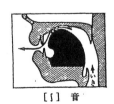

〔ʃ〕音

　　　　　　發音方法和應注意事項：參見第一節 3〔ʃ〕音
　　　　　　　　　（54頁）的説明。

[練習]

1) しゃ　しゃあ　　しや　しあ　　　シャ [ʃa]

　　しゅ　しゅう　　しゆ　しう　　　シュ [ʃɯ]

　　しょ　しょう　　しよ　しお　　　ショ [ʃo]

2) しゃ　しゅ　しょ

　　しゅしょしゃ　　　しゃしゅしょ

　　しゃせししゅ・せしょしゃしょ

3) しゃかい（社会）　　　　シャカイ＜社會＞
　　じどうしゃ（自動車）　　ジドーシャ＜汽車＞
　　かいしゃ（会社）　　　　カイシャ＜公司＞

　　しゅどう（手動）　　　　シュドー＜手動＞
　　しゅふ（首府）　　　　　シュフ＜首都＞
　　ぜいしゅう（税収）　　　ゼーシュー＜税收＞

　　しょうせつ（小説）　　　ショーセツ＜小說＞
　　じしょ（辞書）　　　　　ジショ＜辭典＞
　　しょうかい（紹介）　　　ショーカイ＜介紹＞

4) しゃ（（社）　　　　　シャ＜公司＞
　　しや（視野）　　　　　ジャ＜視野＞

しゃく（尺）　　　　　シャク＜尺＞
しやく（試薬）　　　　シヤク＜試劑＞

しゅう（週）　　　　　シュー＜一星期＞
しゆう（私有）　　　　シユー＜私有＞

しゆうち（私有地）　　シユーチ＜私有地＞
しゅうち（周知）　　　シューチ＜衆所週知＞

かしゅ（歌手）　　　　カシュ＜歌星＞
かしゅう（歌集）　　　カシュー＜歌集＞

しゅごう（酒豪）　　　シュゴー＜海量＞
しゅうごう（集合）　　シューゴー＜集合＞

しょう（小）　　　　　ショー＜小＞
しよう（私用）　　　　ショー＜自用＞

しょか（初夏）　　　　ショカ＜初夏＞
しょうか（商科）　　　ショーカ＜商科＞

しょめい（署名）　　　ショメー＜簽名＞
しょうめい（証明）　　ショーメー＜證明＞

さいしょ（最初）　　　サイショ＜最初＞
さいしょう（最少）　　サイショー＜最少＞

㉓ **5.** じゃ　じゅ　じょ　　〔dʒa〕　　〔dʒɯ〕　　〔dʒo〕
　　　　　　　　　　　　　（〔ʒa〕　　〔ʒɯ〕　　〔ʒo〕）

［dʒ］音：硬顎齒齦音。塞擦音。帶音。（原則上出現於詞首）

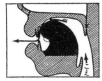

［dʒ］音

［ʒ］音：硬顎齒齦音。擦音。帶音。（原則上出現於詞中詞尾）

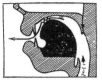

［ʒ］音

發音方法和應注意事項：參見第二節 3［dʒ］
　　　［ʒ］音（81頁）的說明。ぢゃ　ぢゅ
　　ぢょ 和じゃ　じゅ　じょ 在文字上雖有不
　　同但發音完全相同。

［練習］

1）　じゃ　じゃあ　　じや　じあ　　　ジャ［dʒa］

　　じゅ　じゅう　　じゆ　じう　　　ジュ［dʒɯ］

　　じょ　じょう　　じよ　じよ　　　ジョ［dʒo］

2）　じゃ　じゅ　じょ

　　じゅじょじゃ　　じゃじゅじょ

　　じゃぜじじゅ・ぜじょじゃじょ

3）　じゃがいも　　　　　　ジャガイモ＜馬鈴薯＞

　　くじゃく（孔雀）　　　クジャク＜孔雀＞

　　せいじゃ（聖者）　　　セージャ＜聖人＞

じゅうやく（重役）　　　　ジューヤク＜公司董事＞
しゅじゅつ（手術）　　　　シュジュッ＜手術＞
きょうじゅ（教授）　　　　キョージュ＜教授＞

じょせい（女性）　　　　　ジョセー＜女姓＞
じょうぶ（丈夫）　　　　　ジョーブ＜結實＞
さいじょ（才女）　　　　　サイジョ＜才媛＞

4）じゃま（邪魔）　　　　　ジャマ＜妨礙＞
　　やま（山）　　　　　　ヤマ＜山＞

　　じゃり（砂利）　　　　ジャリ＜碎石＞
　　やり（槍）　　　　　　ヤリ＜矛＞

　　じゅう（十）　　　　　ジュー＜十＞
　　じゆう（自由）　　　　ジユー＜自由＞

　　かじゅ（果樹）　　　　カジュ＜果樹＞
　　かじゅう（果汁）　　　カジュー＜果汁＞

　　ちょうじょ（長女）　　チョージョ＜長女＞
　　ちょうしょ（長所）　　チョーショ＜優點＞

　　じょせい（女性）　　　ジョセー＜女性＞
　　じょうせい（情勢）　　ジョーセー＜局勢＞

6.　ちゃ　ちゅ　ちょ　［tʃa］　［tʃɯ］　［tʃo］

［tʃ］音：硬顎齒齦音。塞擦音。不帶音。

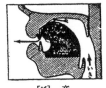

發音方法和應注意事項：參見第一節 4［tʃ］音
　　　　（57頁）的說明。

[tʃ] 音

[練習]

1）　ちゃ　ちゃあ　　ちや　ちあ　　　チャ［tʃa］

　　　ちゅ　ちゅう　　ちゆ　ちう　　　チュ［tʃɯ］

　　　ちょ　ちょう　　ちよ　ちお　　　チョ［tʃo］

2）　ちゃ　ちゅ　ちょ

　　　ちゅちょちゃ　　ちゃちゅちょ

　　　ちゃてちちゅ・てちょちゃちょ

3）　ちゃいろ（茶色）　　　チャイロ＜茶色＞
　　　おもちゃ　　　　　　オモチャ＜玩具＞
　　　おちゃ（お茶）　　　オチャ＜茶＞

　　　ちゅうしゃ（注射）　チューシャ＜打針＞
　　　ちゅうい（注意）　　チューイ＜注意，警告＞
　　　うちゅう（宇宙）　　ウチュー＜宇宙＞

　　　ちょうさ（調査）　　チョーサ＜調査＞
　　　せいちょう（成長）　セーチョー＜成長＞
　　　ちょしゃ（著者）　　チョシャ＜著者＞

4）こうちょう（校長）　　　コーチョー＜校長＞

　こうちよう（耕地用）　　　コーチョー＜耕地用＞

⑳ 7.　ひゃ　ひゅ　ひょ　［ça］　［çɯ］　［ço］

［ç］音：硬顎音。擦音。不帶音。

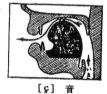

[ç] 音

發音方法和應注意事項：參見第一節 5 ［ç］音
（62頁）的說明。

[練習]

1）ひゃ　ひゃあ　　ひや　ひあ　　ヒャ［ça］

　ひゅ　ひゅう　　ひゆ　ひう　　ヒュ［çɯ］

　ひょ　ひょう　　ひよ　ひお　　ヒョ［ço］

2）ひゃ　ひゅ　ひょ

　ひゅひょひゃ　　ひゃひゅひょ

　ひゃへひひゅ・へひょひゃひょ

3）ひゃく（百）　　　　ヒャク＜一百＞

　にひゃく（二百）　　ニヒャク＜兩百＞

　ひゃくやく（百薬）　ヒャクヤク＜百藥＞

ヒューズ（fuse）　　　　　　 ヒューズ＜保險絲＞

ひゅうひゅう　　　　　　　　 ヒューヒュー＜颼颼地＞

ヒューマニズム（humanism）ヒューマニズム＜人道主義＞

ひょうか（評価）　　　　　　 ヒョーカ＜評價＞

とうひょう（投票）　　　　　 トーヒョー＜投票＞

ひょろひょろ　　　　　　　　 ヒョロヒョロ＜搖搖晃晃＞

4）ひょう（豹）　　　　　　　 ヒョー＜豹＞

　　ひよう（費用）　　　　　　 ヒョー＜費用＞

　　おひや（お冷）　　　　　　 オヒヤ＜涼水＞

　　ひゃく（百）　　　　　　　 ヒャク＜一百＞

　　ひやく（秘薬）　　　　　　 ヒヤク＜秘方藥＞

＠ **8.　ぴゃ　ぴゅ　ぴょ**　［pja］　［pjɯ］　［pjo］

［pj］音：不帶音的雙唇塞音［p］加上半元音［j］。

　　　　　　　　發音方法和應注意事項：參見第二節 6［p］音
　　　　　　　　　　　　　　　（91頁）和第一節 8［j］音（69頁
　　　　　　　　　　　　　　　）的說明。

［練習］

1）ぴゃ　ぴゃあ　　ぴや　ぴあ　　　ピャ［pja］

　　ぴゅ　ぴゅう　　ぴゆ　ぴう　　　ピュ［pjɯ］

　　ぴょ　ぴょう　　ぴよ　ぴお　　　ピョ［pjo］

2）ぴゃ　ぴゅ　ぴょ

　　ぴゅぴょぴゃ　　　ぴゃぴゅぴょ

　　ぴゃぺぴぴゅ・ぺぴょぴゃぴょ

3）はっぴゃく（八百）　　　　ハッピャク＜八百＞

　　ピューマ（puma）　　　　　ピューマ＜美洲獅＞

　　ねんぴょう（年表）　　　　ネンピョー＜年表＞

9.　びゃ　びゅ　びょ　〔bja〕　〔bjɯ〕　〔bjo〕

　〔bj〕音：帶音的雙唇塞音〔b〕加上半元音〔j〕。

　　　　　　　　發音方法和應注意事項：參見第二節 7〔b〕音
　　　　　　　　（93頁）和第一節 8〔j〕音（69頁
　　　　　　　　）的說明。

〔**練習**〕

1）びゃ　びゃあ　　びゃ　びあ　　　ビャ〔bja〕

　　びゅ　びゅう　　びゅ　びう　　　ビュ〔bjɯ〕

　　びょ　びょう　　びょ　びお　　　ビョ〔bjo〕

2）びゃ　びゅ　びょ

　　びゅびょびゃ　　　びゃびゅびょ

びゃ べびびゅ・べびょびゃびょ

3）びゃくや（白夜）　　　　ビャクヤ＜白夜，永晝＞

　　びゅうびゅう　　　　　　ビューービュー＜咻咻地（吹）＞

　　びょう（廟）　　　　　　ビョー＜廟宇＞
　　びょうき（病気）　　　　ビョーキ＜生病＞
　　がびょう（画鋲）　　　　ガビョー＜圖釘＞

4）びょう（廟）　　　　　　ビョー＜廟宇＞
　　びよう（美容）　　　　　ビヨー＜美容＞

28 10. にゃ にゅ にょ　［ɲa］［ɲɯ］［ɲo］

［ɲ］音：硬顎音。鼻音。帶音。

［ɲ］音

發音方法和應注意事項：參見第一節6［ɲ］音
（64頁）的說明。

［練習］

1）にゃ　にゃあ　にや　にあ　　ニャ［ɲa］

　　にゅ　にゅう　にゆ　にう　　ニュ［ɲɯ］

　　にょ　にょう　によ　にお　　ニョ［ɲo］

2）にゃ　にゅ　にょ

　　にゅにょにゃ　　にゃにゅにょ

　　にゃねににゅ・ねにょにゃにょ

3）にゃあにゃあ　　　　　　　ニャーニャー＜猫叫聲＞

　　にゅうがく（入学）　　　ニューガク＜入學＞
　　ぎゅうにゅう（牛乳）　　ギューニュー＜牛奶＞
　　にゅうたい（入隊）　　　ニュータイ＜入伍＞

　　にょろにょろ　　　　　　ニョロニョロ＜蜿蜒（爬行）＞
　　にょう（尿）　　　　　　ニョー＜尿＞
　　にょらい（如来）　　　　ニョライ＜如來佛＞

4）にゃあにゃあ　　　　　　　ニャーニャー＜猫叫聲＞
　　にやにや　　　　　　　　ニヤニヤ＜獨笑貌＞

　　にあう（似合う）　　　　ニアゥ＜相襯＞

　　におう（匂う）　　　　　ニオゥ＜有…味兒＞

11.　みゃ　みゅ　みょ　　［mja］　［mjɯ］　［mjo］

［mj］音：帶音的雙唇鼻音［m］加上半元音［j］。

發音方法和應注意事項：參見第一節7［m］音
（67頁）和第一節8［j］音（69頁
）的說明。

［ 練習 ］

1） みゃ　み̄ゃ̄あ　　みや̄　み̄あ　　　　ミャ［ mja ］

　　みゅ　み̄ゅ̄う　　み̄ゆ　み̄う　　　　ミュ［ mjɯ ］

　　みょ　み̄ょ̄う　　み̄よ　み̄お　　　　ミョ［ mjo ］

2） みゃ　　みゅ　　みょ

　　みゅみ̄ょみゃ　　み̄ゃみゅみ̄ょ

　　み̄ゃめみみゅ・めみ̄ょみゃみょ

3） みゃく（ 脈 ）　　　　　　　ミャ̄ク＜脈搏＞
　　みゃくらく（ 脈絡 ）　　　ミャ̄クラク＜脈絡＞

　　ミュージカル（musical ）　ミ̄ュージカル＜音樂喜劇＞

　　みょうちょう（ 明朝 ）　　ミョ̄ーチョ̄ー＜明晨＞
　　みょうにち（ 明日 ）　　　ミ̄ョ̄ーニチ＜明日＞
　　みょうごにち（ 明後日 ）　ミョ̄ーゴ̄ニチ＜後天＞

4） おみや（ お宮 ）　　　　　オミ̄ヤ＜神社＞
　　おみあい（ お見合い ）　オミ̄アイ＜相親＞

　　みよ（ 見よ ）　　　　　ミ̄ョ＜看！＞
　　みよう（ 見よう ）　　　ミョ̄ー＜去看＞

㉚ **12.** りゃ　りゅ　りょ　［ɾja］　［ɾjɯ］　［ɾjo］

［ɾj］音：帶音的齒齦閃音［ɾ］加上半元音［j］。

　　　　　發音方法和應注意事項：參見第一節 9 ［ɾ］音
　　　　　　　　　　（71頁）和第一節 8 ［j］音（69頁）
　　　　　　　　　　的說明。

［練習］

1) りゃ　りゃあ　　りや　りあ　　　リャ ［ɾja］

　　りゅ　りゅう　　りゆ　りう　　　リュ ［ɾjɯ］

　　りょ　りょう　　りよ　りお　　　リョ ［ɾjo］

2) りゃ　　りゅ　　りょ

　　りゅ りょ りゃ　　りゃ りゅ りょ

　　りゃ れり りゅ・れ りょ りゃ りょ

3) りゃくじ（略字）　　　　リャ クジ＜簡體字＞
　　しょうりゃく（省略）　　ショ ー リャク＜省略＞
　　りゃくれき（略歴）　　　リャ クレキ＜簡歷＞

　　りゅうがく（留学）　　　リュ ー ガク＜留學＞
　　かりゅう（下流）　　　　カ リュー＜下游＞
　　こうりゅう（交流）　　　コ ー リュ ー＜交流＞

りょこう（旅行）　　　　リョコー＜旅行＞
ざいりょく（財力）　　　ザイリョク＜財力＞
りょうがえ（両替）　　　リョーガエ＜兌換＞

4）　りゅう（竜）　　　　　リュー＜龍＞
　　りゆう（理由）　　　　リユー＜理由＞

　　りょひ（旅費）　　　　リョヒ＜旅費＞
　　りょうひ（寮費）　　　リョーヒ＜宿舍費＞

　　りょ（呂）　　　　　　リョ＜呂（姓）＞
　　りょう（量）　　　　　リョー＜量＞
　　りよう（利用）　　　　リヨー＜利用＞

　　こうりょ（考慮）　　　コーリョ＜考慮＞
　　こうりょう（香料）　　コーリョー＜香料＞

　　しょうりょう（少量）　ショーリョー＜少量＞
　　しようりょう（使用料）シヨーリョー＜租金＞

　　りょうしゃ（両者）　　リョーシャ＜兩者＞
　　りようしゃ（利用者）　リヨーシャ＜利用者，使用者＞

第四節　撥　　音　　ハツオン

　　「撥音」又叫做「はねる音」。在第二章第五節（32頁）已經提到
，從音位學的觀點來看，撥音自成一個「音位學上的音節」，本身就
算一拍，但是從語音學的觀點來看，撥音不能自成一個「語音學上的
音節」，必須附屬於前面的元音一起發音。

　　撥音用假名標寫時只有「ん」（片假名「ン」）一字，可是它實際的發音要看出現的位置而定，受後面的音同化，有〔N〕〔m〕〔n〕〔ŋ〕這四種不同的音。必須注意的是「ん」音通常只能出現於詞中詞尾，不能出現於詞首。

㉛ 1．ん　〔N〕

　　（出現位置）1.　單獨發音。
　　　　　　　　2.　在詞尾或句尾。
　　　　　　　　3.　在元音、擦音〔s〕〔ʃ〕〔h〕以及半元音〔j〕〔w〕之前。

〔N〕音：小舌音。鼻音。帶音。

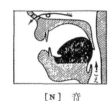

〔N〕音

　　發音方法：軟顎下垂，舌面後和軟顎的後部（靠近小舌之處）接觸，形成阻塞，使氣流從鼻腔流出。整個舌頭呈自然靜止狀態。音色和〔ŋ〕很接近，但舌位偏後。

　　比較：國語沒有這個音，宜多加練習體會。

［練習］

1）ん

あん　　あんあ

いん　　いんい

うん　　うんう

えん　　えんえ

おん　　おんお

「さん　　「さんさ　　「すん　　「すんす　　「せん　　「せんせ

「ぞん　　「ぞんそ

「しん　　「しんし

「やん　　「やんや　　「ゆん　　「ゆんゆ　　「よん　　「よんよ

「わん　　「わんわ

2）　ぜんあく（善悪）　　　　　ゼンアク＜善惡＞
　　たんい（単位）　　　　　　タンイ＜學分，單位＞
　　せんうん（戦雲）　　　　　センウン＜戰雲＞
　　きんえん（禁煙）　　　　　キンエン＜禁煙＞
　　しんおん（心音）　　　　　シンオン＜心音＞

　　しんさつ（診察）　　　　　シンサツ＜診察＞
　　しんし（紳士）　　　　　　ジンシ＜紳士＞
　　さんすいが（山水画）　　　サンスイガ＜山水畫＞
　　さんせい（賛成）　　　　　サンセー＜賛成＞
　　かんそ（簡素）　　　　　　カンソ＜簡單樸素＞

　　こんや（今夜）　　　　　　コンヤ＜今晩＞
　　きんゆう（金融）　　　　　キンユー＜金融＞
　　きんよく（禁欲）　　　　　キンヨク＜禁欲＞

　　しんわ（神話）　　　　　　シンワ＜神話＞
　　わんわん　　　　　　　　　ワンワン＜狗叫聲＞

3)　しあい（試合）　　　　　シアイ＜比賽＞
　　しんあい（親愛）　　　　シンアイ＜親愛＞

　　たい（鯛）　　　　　　　タイ＜銅盆魚＞
　　たんい（単位）　　　　　タンイ＜學分，單位＞

　　けを（毛を）　　　　　　ケオ＜把毛…＞
　　けんお（嫌悪）　　　　　ケンオ＜嫌惡＞

　　しし（獅子）　　　　　　シシ＜獅子＞
　　しんし（紳士）　　　　　シンシ＜紳士＞

　　かそう（火葬）　　　　　カソー＜火葬＞
　　かんそう（乾燥）　　　　カンソー＜乾燥＞

　　しゆう（私有）　　　　　シユー＜私有＞
　　しんゆう（親友）　　　　シンユー＜好友＞

　　かわ（川）　　　　　　　カワ＜河＞
　　かんわ（緩和）　　　　　カンワ＜緩和＞

　　あに（兄）　　　　　　　アニ＜哥哥＞
　　あんい（安易）　　　　　アンイ＜安易＞

　　きねん（記念）　　　　　キネン＜紀念＞
　　きんえん（禁煙）　　　　キンエン＜禁煙＞

　　げにん（下人）　　　　　ゲニン＜下人＞
　　げんいん（原因）　　　　ゲンイン＜原因＞

　　じにん（辞任）　　　　　ジニン＜辭職＞
　　じんいん（人員）　　　　ジンイン＜人員＞

しなん（至難）　　　　　シナン＜極難＞

しんあん（新案）　　　　シンアン＜新構想＞

2.　ん　　［m］

（出現位置）在唇音［p］［b］［m］之前。

［m］音：雙唇音。鼻音。帶音。

［m］音

發音方法：參見第一節 7［m］音的說明（67
頁）。但 7［m］音位於元音之前，
而「ん」的［m］音則出現於元音之
後，二者在音質和長短上略有不同。

比較：從音節的結構上來說，國語裏頭沒有位於
元音後面的［m］音。但在一連串的發音
中，常會因同化作用而出現［m］音。例
如「按摩」［ànmó］一詞實際上常發
成［àmmó］，這時［àm］這個音節中
的［m］音就和日語「ん」的［m］音非
常接近。學習上不會有什麼困難。

［練習］

1)　ぽんぱ　　ぽんば　　まんま

　　ぴんぴ　　びんび　　みんみ

　　ぷんぷ　　ぶんぶ　　むんむ

　　ぺんぺ　　べんべ　　めんめ

　　ぽんぽ　　ぼんぼ　　もんも

2） しんぱい（ 心配 ）　　　シンパイ＜擔心＞
　　さんぴ（ 賛否 ）　　　　ザンピ＜賛成和反對＞
　　しんぷ（ 神父 ）　　　　ジンプ＜神父＞
　　かんぺき（ 完璧 ）　　　カンペキ＜完美無缺＞
　　ぶんぽう（ 文法 ）　　　ブンポー＜語法＞

　　かんばん（ 看板 ）　　　カンバン＜招牌＞
　　さんびか（ 賛美歌 ）　　サンビカ＜讚美歌＞
　　しんぶん（ 新聞 ）　　　シンブン＜報（ 紙 ）＞
　　はんべつ（ 班別 ）　　　ハンベツ＜班別＞
　　だんぼう（ 暖房 ）　　　ダンボー＜暖氣＞

　　しんまい（ 新米 ）　　　シンマイ＜新米，新來的＞
　　さんみ（ 酸味 ）　　　　ザンミ＜酸味＞

　　せんむ（ 専務 ）　　　　センム＜常務董事＞
　　じんめい（ 人命 ）　　　ジンメー＜人命＞
　　ごしんもつ（ 御進物 ）　ゴシンモツ＜禮品＞

3） さば（ 鯖 ）　　　　　　サバ＜青花魚＞
　　さんば（ 産婆 ）　　　　サンバ＜助産士＞

　　こぶ（ 昆布 ）　　　　　コブ＜海帶＞
　　こんぶ（ 昆布 ）　　　　コンブ＜海帶＞

　　かみ（ 神 ）　　　　　　カミ＜神＞
　　かんみ（ 甘味 ）　　　　カンミ＜甜味＞

　　さま（ 様 ）　　　　　　サマ＜…先生，…小姐＞
　　さんま（ 秋刀魚 ）　　　サンマ＜秋刀魚＞

🔊 3.　ん　　［ n ］

（出現位置）在齒齦塞音［ t ］［ d ］，齒齦塞擦音［ ts ］
　　　　　　［ dz ］，硬顎齒齦塞擦音［ tʃ ］［ dʒ ］，閃音
　　　　　　［ ɾ ］，鼻音［ ɲ ］之前。

［ n ］音：齒齦音。鼻音。帶音。

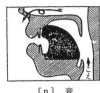

［ n ］音

發音方法：參見第一節 6［ n ］音的說明（65
　　　　　頁），但 5［ n ］音位於元音之前，
　　　　　而「ん」的［ n ］音則出現於元音之
　　　　　後，二者在音質和長短上略有不同。

比較：這個音和國語的ㄢ［ an ］ㄣ［ ən ］這兩個
　　　音節中的［ n ］音非常接近。在學習上不
　　　會有什麼困難。

［ 練習 ］

1)　たんた　　　だんだ　　　ざんざ　　　らんら　　　なんな

　　ちんち　　　ぢんぢ　　　じんじ　　　りんり　　　にんに

　　つんつ　　　づんづ　　　ずんず　　　るんる　　　ぬんぬ

　　てんて　　　でんで　　　ぜんぜ　　　れんれ　　　ねんね

　　とんと　　　どんど　　　ぞんぞ　　　ろんろ　　　のんの

2)　ぐんたい（軍隊）　　　　　グンタイ＜軍隊＞
　　おんち（音痴）　　　　　　オンチ＜五音不全＞
　　しんつう（心痛）　　　　　シンツー＜心痛＞
　　しんて（新手）　　　　　　シンテ＜新方法＞
　　えんとつ（煙突）　　　　　エントツ＜煙囪＞

ほんだい（本代）　　　　　ホ｜ンダイ＜書款＞

びんづめ（瓶詰）　　　　　ビンヅメ＜瓶裝＞

サンデー（Sunday）　　　　サンデー＜星期日＞

しんど（進度）　　　　　　ジンド＜進度＞

あんざん（暗算）　　　　　アンザン＜心算＞

はんじ（判事）　　　　　　ハ｜ンジ＜推事＞

あんず（杏）　　　　　　　アンズ＜杏子＞

めんぜい（免税）　　　　　メンゼー＜免税＞

しんぞう（心臓）　　　　　シンゾー＜心臓＞

あんらく（安楽）　　　　　アンラク＜安樂＞

しんりゃく（侵略）　　　　シンリャク＜侵略＞

じんるい（人類）　　　　　ジンルイ＜人類＞

かんれき（還暦）　　　　　カンレキ＜花甲＞

きんろう（勤労）　　　　　キンロー＜勞動＞

おんな（女）　　　　　　　オンナ＜女人＞

しんにち（親日）　　　　　シンニチ＜親日＞

せんぬき（栓抜き）　　　　センヌキ＜開瓶器＞

ほんね（本音）　　　　　　ホンネ＜眞心話＞

ぼんのう（煩悩）　　　　　ボンノー＜煩惱＞

3）さち（幸）　　　　　　　サ｜チ＜幸福＞

さんち（山地）　　　　　　サ｜ンチ＜山地＞

はじ（恥）　　　　　　　　ハジ＜恥辱＞

はんじ（判事）　　　　　　ハ｜ンジ＜推事＞

| かじ（火事） | カ̄ジ＜火災＞ |
| かんじ（幹事） | カ̄ンジ＜幹事＞ |

| しらい（白井） | シラ̄イ＜白井（姓）＞ |
| しんらい（信頼） | シン̄ライ＜信任＞ |

| あな（穴） | アナ̄＜孔，洞＞ |
| あんな | アンナ＜那種＞ |

| こな（粉） | コナ̄＜粉末＞ |
| こんな | コンナ＜這種＞ |

34 4. ん　［ŋ］

（出現位置）在軟顎音［k］［g］［ŋ］之前。

［ŋ］音：軟顎音。鼻音。帶音。

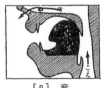

［ŋ］音

發音方法：參見第二節 2［ŋ］音的說明（78
頁）。但 12［ŋ］音位於元音之前
，而「ん」的［ŋ］音則出現於元音
之後，二者在音質和長短上略有不同。

比較：這個音和國語的ㄤ［aŋ］，ㄥ［əŋ］這兩
個音節中的［ŋ］音非常接近。在學習上
不會有什麼困難。

［練習］

1）　か̄んか　　が̄んが　　がんが̄。

　　き̄んき　　ぎ̄んぎ　　ぎんぎ̄。

　　ぐ̄んく　　ぐ̄んぐ　　ぐんぐ̄。

げんけ　　げんげ　　げんげ

ごんこ　　ごんご　　ごんご

2) きんかい（金塊）　　　キンカイ＜金塊＞

こんき（根気）　　　コンキ＜耐力＞

きんく（禁句）　　　キンク＜忌諱的語句＞

こんけつ（混血）　　コンケツ＜混血＞

ぎんこう（銀行）　　ギンコー＜銀行＞

おんがく（音楽）　　オンガク＜音樂＞

きんぎょ（金魚）　　キンギョ＜金魚＞

しんぐ（寝具）　　　シング＜舗蓋＞

かんげい（歓迎）　　カンゲー＜歡迎＞

しんごう（信号）　　シンゴー＜紅綠燈＞

3) てき（敵）　　　　　テキ＜敵人＞

てんき（天気）　　　テンキ＜天氣＞

ぎが（戯画）　　　　ギガ＜滑稽畫＞

ぎんが（銀河）　　　ギンガ＜銀河＞

こご（古語）　　　　ココ＜古語＞

こんご（今後）　　　コンゴ＜今後＞

かげき（過激）　　　カゲキ＜急進＞

かんげき（感激）　　カンゲキ＜感動＞

第五節　促　　音　　ソクオン

「促音」又叫「つまる音」。它和「撥音」一樣，從音位學的觀點來看，自成一個「音位學上的音節」，本身就算一拍。但是從語音學的觀點來看，促音不能自成一個「語音學上的音節」，必須附屬於前面的元音一起發音。

促音用假名標寫時只有小寫的「っ」（片假名「ッ」）一字，可是它實際的發音要看出現的位置而定，受後面的音同化，有［p］［t］［k］［s］［ʃ］這五種不同的音。必須注意的是除了外來語音（詳見 134 頁）之外，促音只能出現在不帶音的塞音、塞擦音、擦音包括［p］［t］［k］［ts］［tʃ］［s］［ʃ］（也就是カ、サ、タ、パ四行音）的前面。

促音在發音時，由於只有成阻和持阻的過程，所以除了發成［s］［ʃ］時有摩擦的嘶聲可以聽到外，發成［p］［t］［k］這三個塞音時，實際上只是不發出任何聲音的停頓狀態，而且停頓的時間必須有一個音節的長度。

國語沒有促音，所以中國學生對於促音和非促音在發音上以及聽覺上常無法辨別，必須多加練習。

㉟ 1.　っ　　［p］

（出現位置）在［p］音（パ行音）之前。

［p］音：雙唇音。塞音。不帶音。

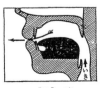
［p］音

發音方法：參見第二節 6［p］音的說明（91頁）。但 6［p］音位於元音之前，而促音的［p］音則只能位於元音之後輔音之前。而且促音的［p］在發

音時必須緊閉雙唇，擋住氣流，形成
一拍長的無聲音停頓狀態，到第二個
［ p ］時才使氣流爆發而出。
　　比較：國語無類似的發音，閩南語則有。例如：
　　［ tsappai ］（十擺＝十次）

［練習］

1）ぱ　ぱ　　ぽっぱ

　　ぴ　ぴ　　ぴっぴ

　　ぷ　ぷ　　ぷっぷ

　　ぺ　ぺ　　ぺっぺ

　　ぽ　ぽ　　ぽっぽ

2）かっぱつ（活発）　　カッパツ＜活潑＞
　　はっぴょう（発表）　ハッピョー＜發表＞
　　じっぴ（実費）　　　ジッピ＜實際費用＞
　　コップ　　　　　　　コップ＜杯子＞
　　てっぺい（撤兵）　　テッペー＜撤兵＞
　　てっぽう（鉄砲）　　テッポー＜槍＞

3）スパイ（spy）　　　　スパイ＜間諜＞
　　すっぱい（酸っぱい）　スッパイ＜酸＞

　　しゅっぱつ（出発）　　シュッパツ＜出發＞

36 2. っ ［t］

（出現位置）：在 ［t］［tʃ］［ts］（タ行音）之前。

［t］音：齒齦音。塞音。不帶音。

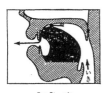

［t］音

發音方法：參見第一節 4 ［t］音的說明（56 頁），但 4 ［t］音位於元音之前，而促音 ［t］則只能位於元音之後輔音之前。而且促音 ［t］在發音時必須以舌尖緊緊頂住上齒齦，擋住氣流，形成一拍長的無聲音停頓狀態，到第二個 ［t］時才使氣流爆發而出。

比較：國語無類似的發音，閩南語則有。例如：［huatᴛo］（法度＝方法）

［練習］

1）た た だった

　て て てって

　と と とっと

　ち ち ちっち

　つ つ うっつ

2）ぜったい（絶対）　　　ゼッタイ＜絕對＞
　けってん（欠点）　　　ケッテン＜缺點＞
　けっとう（血統）　　　ケットー＜血統＞

じっち（実地）　　　　　　　ジッチ＜實地＞
いっつう（一通）　　　　　　イッツー＜一封＞

3)　かた（肩）　　　　　　　　カタ＜肩膀＞
　　かった（勝った）　　　　　カッタ＜贏了＞

　　ねたい（寝たい）　　　　　ネタイ＜想睡覺＞
　　ねったい（熱帯）　　　　　ネッタイ＜熱帶＞

　　もて（持て）　　　　　　　モテ＜拿著！＞
　　もって（持って）　　　　　モッテ＜拿＞

　　まて（待て）　　　　　　　マテ＜等一下！＞
　　まって（待って）　　　　　マッテ＜等一下＞

　　おと（音）　　　　　　　　オト＜聲音＞
　　おっと（夫）　　　　　　　オット＜丈夫＞

　　いち（位置）　　　　　　　イチ＜位置＞
　　いっち（一致）　　　　　　イッチ＜一致＞

　　むつ（陸奥）　　　　　　　ムツ＜陸奥（地名）＞
　　むっつ（六つ）　　　　　　ムッツ＜六個＞

　　いつう（胃痛）　　　　　　イツー＜胃痛＞
　　いっつう（一通）　　　　　イッツー＜一封＞

3.　っ　　［ k ］

（出現位置）：在［ k ］（ カ行音）之前。

［k］音：軟顎音。塞音。不帶音。

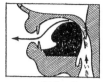

［k］音

發音方法：參見第一節2［k］音的說明（51
頁）。但2［k］音位於元音之前，
而促音［k］只能位於元音之後輔音
之前。而且促音［k］在發音時必須
以舌面後緊緊頂住軟顎，擋住氣流，
形成一拍長的無聲音狀態，到第二個
［k］時才使氣流爆發而出。

比較：國語無類似的發音，閩南語則有。例如：
［tikkok］（德國）。

[練習]

1) か　か　　かっか

　　き　き　　きっき

　　く　く　　くっく

　　け　け　　けっけ

　　こ　こ　　こっこ

2) ぶっか（物価）　　　　ブッカ＜物價＞

　　いっきん（一斤）　　　イッキン＜一斤＞

　　とっくん（特訓）　　　トックン＜特殊訓練＞

　　せっけん（石鹸）　　　セッケン＜肥皂＞

　　けっこん（結婚）　　　ケッコン＜結婚＞

3）ぶか（部下）　　　　　　ブ┐カ＜部下＞

　　ぶっか（物価）　　　　　ブ￣ッカ＜物價＞

　　いか（医科）　　　　　　イ┐カ＜醫學系＞

　　いっか（一家）　　　　　イ┐ッカ＜一家＞

　　こきょう（故郷）　　　　コ┐キョー＜故郷＞

　　こっきょう（国境）　　　コッキョー＜國境＞

　　がき（餓鬼）　　　　　　ガギ┐＜頑皮的小孩＞

　　がっき（楽器）　　　　　ガッキ＜樂器＞

　　いく（行く）　　　　　　イ￣ク＜去＞

　　いっく（一句）　　　　　イ┐ック＜一句＞

　　はけん（派遣）　　　　　ハ￣ケン＜派遣＞

　　はっけん（発見）　　　　ハッケン＜發現＞

　　じこう（時効）　　　　　ジコ￣ー＜時效＞

　　じっこう（実行）　　　　ジッコー＜實行＞

⊚38 **4.　っ　　［s］**

　　（出現位置）：在［s］音（「シ」除外的サ行音）之前。
［s］音：齒齦音。擦音。不帶音。

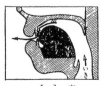

［s］音

　　　　　　　　　發音方法：參看第一節 3［s］音的說明（36
　　　　　　　　　　　頁）。但 3［s］音位於元音之前，
　　　　　　　　　　　而促音［s］則位於元音之後輔音之
　　　　　　　　　　　前。因為［s］是擦音，沒有完全的
　　　　　　　　　　　阻塞，只是形成狹窄的通道，氣流仍

然可以從空隙中擠出，所以促音［s］
不像［p］［t］［k］那樣完全不發出
聲音，可以聽到嘶聲持續發出。

比較：國語無類似的發音，閩南語則有。例如：

［tʃit sok］→［tʃissok］（一束）。

［練習］

1）さ　さ　　ざっさ

　　す　す　　ずっす

　　せ　せ　　ぜっせ

　　そ　そ　　ぞっそ

2）いっさい（一切）　　　イッサイ＜一切＞

　　さっすう（冊数）　　　サッスー＜册數＞

　　けっせき（欠席）　　　ケッセキ＜缺席＞

　　べっそう（別荘）　　　ベッソー＜別墅＞

3）まさぉ（正雄）　　　　マサオ＜正雄（人名）＞

　　まっさぉ（真青）　　　マッサオ＜蒼白＞

　　じすう（字数）　　　　ジスー＜字數＞

　　じっすう（実数）　　　ジッスー＜實際數目＞

　　そせん（祖先）　　　　ソセン＜祖先＞

　　そっせん（率先）　　　ソッセン＜率先＞

さそく（左側）　　　　サソク＜左側＞

さっそく（早速）　　　サッソク＜儘快＞

⑲ 5. っ　　［ʃ］

　　　（出現位置）：在［ʃ］音（「シ」）之前。

［ʃ］音：硬顎齒齦音。擦音。不帶音。

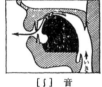

[ʃ] 音

發音方法：參看第一節 3 ［ʃ］音的說明（54
頁）。但 3 ［ʃ］音位於元音之前，
而促音［ʃ］則位於元音之後輔音之
前。促音［ʃ］和促音［s］一樣，
在發音的過程中可以聽到嘶音持續發
出。

比較：國語無類似的發音，閩南語則有。例如：
［ket ʃit］→［keʃʃit］（結實）。

［練習］

1) し　し　　しっし

2) せっし（摂氏）　　　セッシ＜攝氏＞

　　れっしゃ（列車）　　レッシャ＜火車＞

3) いし（意志）　　　　イシ＜意志＞

　　いっし（一糸）　　　イッシ＜一絲，一線＞

ざし（座視）　　　　　　　　ザ̄シ＜坐視＞

ざっし（雜誌）　　　　　　　ザ̄ッシ＜雜誌＞

第六節　元音清化

　　元音是構成音節的主音，響度比較大，通常都是「帶音」（有声音_{ゆうせい}），聲帶振動。不過在某些條件下，因爲受到前後語音的影響，會發生清化（devocalization・無声化_{むせいか}）的現象，變成不帶音（無声音），聲帶不振動。這就是所謂「元音清化」（母音の無声化_{むせいおん}）。

　　在日語中，「元音清化」是很普通的現象。它出現的條件有下面兩種：

(1) 短的高元音［i］［ɯ］位於兩個清輔音（聲帶不振動的輔音），也就是［s］［ʃ］［p］［t］［k］［ts］［tʃ］［h］［Φ］［ç］之間時，只保持該元音原來的舌位和唇形，但不振動聲帶。有時候甚至整個元音完全脫落。

　　換句話說，「キ」「ク」「シ」「ス」「チ」「ツ」「ヒ」「フ」「ピ」「プ」「シュ」等音節（結構上都是「清輔音＋高元音」）位於「カ」「サ」「タ」「パ」「ハ」行的任何一個音節的前面時就會發生元音清化的現象。清化的元音通常在下面附加〔。〕號來表示。

(2) 短的高元音［i］［ɯ］位於清輔音的後面，而且後面沒有跟著任何音節，在重音上又屬於低音音節時，就會發生元音清化的現象或整個元音完全脫落。

　　換句話說，「キ」「ク」「シ」「ス」「チ」「ツ」「ヒ」「フ」「ピ」「プ」「シュ」位於句尾時，元音就會清化或脫落。

（例）　きかい（機械）［ki̥kai］　⊕カ̄イ＜機械＞

　　　　くち（口）［kɯ̥tʃi］　　②チ̄＜嘴＞

　　　　あります［aɾimasɯ̥］　　アリマ̄⊗＜有＞

比較：國語也有元音清化的現象，但只出現於輕聲的音節，而且不像日語那麼頻繁。國語元音清化的條件是：高元音一［i］，ㄨ［u］，ㄩ［y］和舌尖元音［ɿ］（即ㄗ，ㄘ，ㄙ的元音）［ʅ］（即ㄓ，ㄔ，ㄕ，ㄖ的元音）位於兩個清輔音之間或句尾時，例如「豆腐」，「意思」，「客氣點兒」。

注意：元音清化是標準日語中頻頻出現的現象，能給人口齒清晰的感覺。如果應該清化的元音把它發成沒有清化的元音，會令人覺得腔調怪異，必須多加練習掌握。

❀40　［練習］

(1) き［ki̥］　きたない（汚ない）　　㊉タナイ＜骯髒＞
　　　　　　　きせん（汽船）　　　㊉セン＜輪船＞
　　　　　　　せきたん（石炭）　　セ㊉タン＜煤＞
　　　　　　　かき（牡蠣）　　　　カ㊉＜牡蠣＞
　　　　　　　きちょうひん（貴重品）　㊉チョーヒン＜貴重物品＞

(2) く［ku̥］　くさい（臭い）　　　㋗ザイ＜臭＞
　　　　　　　くすりや（薬屋）　　㋗スリヤ＜藥房＞
　　　　　　　がくせい（学生）　　ガ㋗セー＜學生＞
　　　　　　　せっきょくてき（積極的）　セッキョ㋗テキ＜積極的＞
　　　　　　　くちぐせ（口癖）　　㋗チグセ＜口頭禪＞

(3) し［ʃi̥］　したしい（親しい）　㋛タシー＜親密，熟悉＞
　　　　　　　しち（七）　　　　　㋛チ＜七＞
　　　　　　　しかいしゃ（司会者）　㋛カイシャ＜司儀＞
　　　　　　　しっぱい（失敗）　　㋛ッパイ＜失敗＞
　　　　　　　しつれい（失礼）　　㋛ツレー＜失禮＞

(4)す〔sɯ̥〕　すっぱい（酸っぱい）　　ス̄ッパイ＜酸＞

　　　　　　すきやき（鋤焼）　　　ス̄キヤキ＜日本火鍋＞

　　　　　　すてき（素敵）　　　　ス̄テキ＜很棒＞

　　　　　　だいすき（大好き）　　ダ̄イスキ＜非常喜歡＞

　　　　　　……です　　　　　　　デ̄ス＜是……＞

(5)ち〔tʃi̥〕　ちかてつ（地下鉄）　　チ̄カテツ＜地下鐵路＞

　　　　　　ちち（父）　　　　　　チ̄ヂ＜父親＞

　　　　　　ちかく（家畜）　　　　カチ̄ク＜家畜＞

　　　　　　かちき（勝気）　　　　カチ̄キ＜好勝心＞

　　　　　　ちはい（遅配）　　　　チ̄ハイ＜送的晚＞

(6)ひ〔çi̥〕　ひこうき（飛行機）　　ヒ̄コーキ＜飛機＞

　　　　　　ひかく（比較）　　　　ヒ̄カク＜比較＞

　　　　　　ひと（人）　　　　　　ヒ̄ト＜人＞

　　　　　　ひはん（批判）　　　　ヒ̄ハン＜批判＞

　　　　　　ひっこし（引っ越し）　　ヒ̄ッコシ＜搬家＞

(7)ふ〔Φɯ̥〕　ふきつ（不吉）　　　　フ̄キッ＜不吉利＞

　　　　　　ふけいかい（父兄会）　フ̄ケーカイ＜母姊會＞

　　　　　　ふたご（双子）　　　　フ̄タゴ＜雙胞胎＞

　　　　　　ふたえまぶた（二重瞼）　フ̄タエマブタ＜雙眼皮＞

　　　　　　ふつかよい（二日酔い）　フ̄ッカヨイ＜宿醉＞

(8)つ〔tsɯ̥〕　うつくしい（美しい）　ウツ̄クシー＜美麗，漂亮＞

　　　　　　つくえ（机）　　　　　ツ̄クエ＜桌子＞

　　　　　　つち（土）　　　　　　ツ̄ヂ＜土＞

　　　まいつき（毎月）　　　マイ㋡キ＜毎月＞
　　　つたえる（伝える）　　㋡タエル＜傳話，轉告＞

(9) しゅ［ʃɰ］しゅっぱつ（出発）　㋛ッパツ＜出發＞
　　　しゅくはく（宿泊）　　㋛クハク＜投宿，住宿＞
　　　しゅっさん（出産）　　㋛ッサン＜生小孩＞

(10) ぴ［pi̥］ぴったり　　　　㋪ッタリ＜緊緊地，恰好＞
　　　いっぴき（一匹）　　　イッ㋪キ＜一隻＞
　　　ぴくぴく　　　　　　　㋪ク㋪ク＜抽動＞

(11) ぷ［pɰ̥］ジプシー（gypsy）　ジ㋫シー＜吉普賽＞
　　　せっぷく（切腹）　　　セッ㋫ク＜切腹＞
　　　ぷかぷか　　　　　　　㋫カ㋫カ＜噴雲吐霧＞

第七節　外來語音

　　兩個語言接觸時常常會發生「借用」(borrowing)的現象。什麼叫做「借用」？那就是兩個語言接觸的時候，其中的一個語言把另一個語言的材料——語音、文字、詞彙、語法——借過來使用的現象。

　　「借用」有時會給一個語言的語音體系帶來影響。比如現代國語的軟顎音［k‘］本來不和低元音［a］相配，但因為受到外來語的影響，［k‘a］這個音節現在已經很常見，像「咖啡」的「咖」，「卡車」的「卡」都是受到外來語的影響才出現的音節。

　　日語因為音節結構極為單純，加上外來語的大量湧入，連帶的就出現許多外來語音，逐漸在日語的語音體系中佔一席之地。下表中附

片假名拗音表

キャ kya　　　　　キュ kyu　　　　　　キヨ kyo
ギャ gya　　　　　ギュ gyu　　　　　　ギヨ gyo
シャ sha　　　　　シュ shu　 *シ エ she　シヨ sho
ジャ ja　　　　　 ジュ ju　　*ジ エ je　 ジヨ jo
チャ cha　　　　　チュ chu　*チ エ che　チヨ cho
ニャ nya　　　　　ニュ nyu　　　　　　ニヨ nyo
ヒャ hya　　　　　ヒュ hyu　　　　　　ヒヨ hyo
ビャ bya　　　　　ビュ byu　　　　　　ビヨ byo
ピャ pya　　　　　ピュ pyu　　　　　　ピヨ pyo
ミャ mya　　　　　ミュ myu　　　　　　ミヨ myo
リャ rya　　　　　リュ ryu　　　　　　リヨ ryo
　　　*ウイ wi　　　　　　　*ウエ we　*ウオ wo
*クア kwa　　　　　　　　　　　　　　*ク オ kwo
*ツア tsa　　　　　　　　　　 *ツ エ tse　*ツ オ tso
　　　*テイ ti　*トゥ tu
*フア fa　*フイ fi　　　　　　　*フ エ fe　*フ オ fo
　　　*デイ di　*デュ du
(*ヴァ va　*ヴイ vi　*ヴ vu　*ヴ エ ve　*ヴ オ vo)

有 *號的就是出現在外來語中比較特殊的音節。這些音節都是爲了忠實表達外來語原有的發音而使用的，由於外來語都用片假名來標寫，所以它們原則上不出現於平假名中。

⑪ 〔練習〕

(1) シェ〔ʃe〕

　　シェパード（shepherd）　シェパード＜狼狗＞

　　シェークスピア（Shakespeare）シェークスピア＜莎士比亞＞

　　シェード（shade）　　　シェード＜燈罩＞

(2) チェ〔tʃe〕

　　チェス（chess）　　　　チェス＜西洋棋＞

　　チェアマン（chairman）　チェアマン＜主席＞

　　チェック（check）　　　チェック＜核對，支票＞

　　チェンジ（change）　　　チェンジ＜改變，交換＞

(3) ジェ〔dʒe〕

　　ジェットキ（jet 機）　　ジェットキ＜噴射機＞

　　ジェスチャー（gesture）　ジェスチャー＜手勢＞

　　ジェネレーション（generation）ジェネレーション＜一代，世代＞

　　ジェントルマン（gentleman）ジェントルマン＜紳士＞

(4) ウィ〔wi〕

　　ウィーン（ウイーン）（Wien）　ウィーン＜維也納＞

　　ウィンク（ウインク）（wink）　ウィンク＜拋媚眼＞

　　ウィルソン（Wilson）　ウィルソン＜威爾遜＞

　　ウィークリー（weekly）　ウィークリー＜週刊＞

(5)　ウェ〔we〕

　　　ウェート（weight）　　　　ウェ━ト＜重量，重點＞
　　　ウェルカム（welcome）　　ウェルカム＜歡迎＞
　　　ウェット（wet）　　　　　ウェッ━ト＜濕，感傷＞
　　　ウェーター（waiter）　　　ウェ━ター＜男服務生＞

(6)　ウォ〔wo〕

　　　ウォーター（water）　　　　ウォ━ター＜水＞
　　　ウォツカ（vodka）　　　　ウォッカ＜伏特加酒＞
　　　ウォッチ（watch）　　　　ウォッチ＜錶＞
　　　ウォーミングアップ　　　　ウォ━ミングアップ＜暖身動作＞
　　　（warming-up）

(7)　クァ〔kwa〕━━━カ〔ka〕

　　　クァルテット（Quartett）━━━カルテット＜四重奏＞

(8)　クォ〔kwo〕

　　　クォーター（quarter）　　　クォ━ター＜一刻鐘＞
　　　クォリティ（quality）　　　クォリティ＜品質＞
　　　クォーテーションマーク　　クォ━テーションマーク＜引用號＞
　　　（quotation marks）

(9)　ツァ〔tsa〕

　　　ツァー（Tsar）　　　　　　ツァ━＜沙皇＞
　　　ツァイス（Zeiss）　　　　　ツァイス＜蔡斯（人名）＞
　　　モーツァルト（Mozart）　　モ━ツァルト＜莫札特＞

(10)　ツェ〔tse〕

　　　ツェルニー（Czerny）　　　ツェルニー＜哲爾尼（人名）＞
　　　ツェントネル（tsentner）　ツェントネル＜俄國重量單位＝100
　　　　　　　　　　　　　　　　　　　　　　公斤＞

ツェツェばえ（tsetse fly）　ツェツェバエ＜舌蠅＞

(11)　ツォ［tso］

　　ツォイス（Zeus）　　　　ツォイス＜宙斯神＞

(12)　ティ［ti］

　　パーティー（party）　　　パーティー＜派對，酒會＞

　　ティーカップ（teacup）　　ティーカップ＜茶杯＞

　　ティーチャー（teacher）　ティーチャー＜教師＞

(13)　ファ［Φa］

　　ファイト（fight）　　　　ファイト＜鬥志＞

　　ファーストクラス　　　　ファーストクラス＜頭等＞
　　（first-class）

　　ファミリー（family）　　ファミリー＜家庭＞

　　ファースト（first）　　　ファースト＜第一＞

(14)　フィ［Φi］

　　フィクション（fiction）　フィクション＜虛構＞

　　フィアンセ（fiancé）　　フィアンセ＜未婚夫，未婚妻＞

　　フィリピン（Philippines）フィリピン＜菲律賓＞

　　フィールド（field）　　　フィールド＜田野＞

(15)　フェ［Φe］

　　フェア（fair）　　　　　　フェア＜公正，光明正大＞

　　フェニックス（phoenix）　フェニックス＜不死鳥＞

　　フェリーボート（ferryboat）　フェリーボート＜渡船＞

　　フェース（face）　　　　　フェース＜面孔＞

(16)　フォ［Φ̄o］
　　　フォーク（fork）　　　　　　フォーク＜叉子＞
　　　フォト（photo）　　　　　　　フォト＜照片＞
　　　インフォメーション　　　　　インフォメーション＜情報，訊息＞
　　　　（information）

(17)　ディ［di］
　　　メロディー（melody）　　　　メロディー＜旋律，曲調＞
　　　ディスプレー（display）　　　ディスプレー＜展示，陳列＞
　　　ディスカバー（discover）　　ディスカバー＜發現＞
　　　ディクテーション(dictation)　ディクテーション＜聽寫＞
　　　ディスカッション(discussion)　ディスカッション＜討論＞

(18)　デュ［djɯ］
　　　デューイ（Dewey）　　　　　デューイ＜杜威＞
　　　デュアリズム（dualism）　　　デュアリズム＜二元論＞
　　　デュエット（duetto）　　　　デュエット＜二重奏，二重唱＞
　　　プロデューサー（producer）　プロデューサー＜製作人＞

(19)　ヴァ［va］→バ
　　　チェコスロヴァキァ
　　　　（Chechoslovakia）→　　チェコスロバキア＜捷克＞
　　　ヴァイオリン（violin）→　　バイオリン＜小提琴＞

(20)　ヴィ［vi］→ビ
　　　ヴィーナス（Venus）→　　　ビーナス＜維納斯＞
　　　ヴィールス（Virus）→　　　ビールス＜濾過性病毒＞
　　　ヴィタミン（Vitamin）→　　ビタミン＜維他命＞

(21)　ヴ［vɯ］→ブ

ド ライヴ（drive）→　　　　ドライブ＜駕車兜風＞

(22)　ヴェ［Ve］→ベ

ヴェトナム（Viet Nam）→　ベトナム＜越南＞

ヴェランダ（veranda）→　　ベランダ＜陽台＞

(23)　ヴォ［vo］→ボ

ヴォリューム（Volume）→　ボリューム＜分量，音量＞

ヴォルガ（Volga）→　　　　ボルガ＜伏爾加河＞

注意：在這裡必須提醒各位的就是ヴァ，ヴィ，ヴ，ヴェ，ヴォ 這些音
　　　節中，ヴ所代表的雖然是［v］音，但實際把它發成［v］音的
　　　人並不多，通常都以［ b ］音代替，也就是把這些音節發成ば
　　　行音：バビブベボ。

(24)　トゥ［tɯ］→ツ

トゥーストライク（two strike）→ ツーストライク＜兩好球＞

注意：還有在固有的日語裏頭，促音只能出現於不帶音的塞音、塞擦
　　　音和擦音之前，但在外來語音中，促音可以出現在帶音的塞音
　　　和塞擦音（ 也就是濁音 ）之前。這是外來語音才有的現象。

（ 例 ）ベッド（ bed ）　　　　　ベッド＜床＞

　　　バッジ（ badge ）　　　　バッジ＜胸章＞

　　　ビッグニュース（big news） ビッグニュース＜大新聞＞

〔綜合練習〕

1) あ　か　さ　た　な　は　ま　や　ら　わ
　　い　き　し　ち　に　ひ　み　い　り　い
　　う　く　す　つ　ぬ　ふ　む　ゆ　る　う
　　え　け　せ　て　ね　へ　め　え　れ　え
　　お　こ　そ　と　の　ほ　も　よ　ろ　を

2) あえいう・えおあお
　　かけきく・けこかこ　きゃ　け　き　きゅ・け　きょ　きゃ　きょ
　　させしす・せそさそ　しゃ　せ　し　しゅ・せ　しょ　しゃ　しょ
　　たてちつ・てとたと　ちゃ　て　ち　ちゅ・て　ちょ　ちゃ　ちょ
　　なねにぬ・ねのなの　にゃ　ね　に　にゅ・ね　にょ　にゃ　にょ
　　はへひふ・へほはほ　ひゃ　へ　ひ　ひゅ・へ　ひょ　ひゃ　ひょ
　　まめみむ・めもまも　みゃ　め　み　みゅ・め　みょ　みゃ　みょ
　　やえいゆ・えよやよ
　　られりる・れろらろ　りゃ　れ　り　りゅ・れ　りょ　りゃ　りょ
　　わえいう・えをわを

　　がげぎぐ・げごがご　ぎゃ　げ　ぎ　ぎゅ・げ　ぎょ　ぎゃ　ぎょ
　　がげぎぐ・げごがご　ぎゃ　げ　ぎ　ぎゅ・げ　ぎょ　ぎゃ　ぎょ

ざぜじず・ぜぞざぞ　じゃ　ぜ　じ　じゅ・ぜ　じょ　じゃ　じょ

だでぢづ・でどだど

ぱぺぴぷ・ぺぽぱぽ　ぴゃ　ぺ　ぴ　ぴゅ・ぺ　ぴょ　ぴゃ　ぴょ

ばべびぶ・べぼばぼ　びゃ　べ　び　びゅ・べ　びょ　びゃ　びょ

44　3)(1)　ロンドンに　むかって　どんどんと　いった。
　　　　　　　　　　（向って）　　　　　　　（行った）

　　　　＜朝着倫敦不停前進。＞

(2)　らんしの　だんしが　だんだん　おおくなった。
　　（乱視）　（男子）　　　　　　（多く）

　　　　＜患亂視的男子逐漸增加。＞

(3)　よく　きいて　きってを　かってきて　ください。
　　　　（聞いて）（切手）　（買って）

　　　　＜請你問淸楚把郵票買來吧！＞

(4)　あめが　パラパラ　　パパは　バタバタ。
　　（雨）

　　　　＜雨滴嘩啦嘩啦，爸爸手忙腳亂。＞

(5)　あなたがたに　いただいた　ライターです。

　　　　＜是承蒙你們所送的打火機。＞

(6)　ことしも　こうとうしもんが　ことに　むずかしかった。
　　（今年）　（口頭試問）　　　（殊に）

　　　　＜今年也是口試特別難。＞

(7)　いろとりどりの　いとを　いどに　たらした。
　　（色）　　　　　　（糸）　（井戸）　（垂らし）

　　＜把色彩繽紛的線下垂到井中。＞

(8)　ボートの　けんきゅうに　ぼっとうした。
　　　　　　　（研究）　　　　（没頭）

　　＜埋首於小船的研究。＞

(9)　バッハの　パパが　ばばぬきを　した。
　　　　　　　　　　　（はば抜き）

　　＜巴哈的爸爸玩撲克牌抽鬼。＞

(10)　みんなに　わらわれて　ぽっと　なった　おじょうさん。
　　　　　　　（笑われ）　　　　　　　　　　（お嬢さん）

　　＜被大家笑得臉泛紅暈的小姐。＞

(11)　じどうしゃに　どろを　はねられて　どろだらけになった。
　　　（自動車）　（泥を）　　　　　　（泥だらけ）

　　＜被汽車濺了一身泥。＞

(12)　じぶんの　あやまちは　すなおに　おあやまりなさい。
　　　（自分）　（過ち）　　（素直に）

　　＜自己的錯要老老實實賠不是。＞

重音・強調・句調篇

第五章　日語的重音

第一節　重音的本質

「重音」（accent・アクセント）一詞有兩種用法。學過英語的人常說某字的重音在第幾個音節。這個時候所謂的重音是指一個詞裏頭發音較強較重的音節而言。例如 accent 可以分割爲 ［ˈæk sənt］這兩個音節，第一個音節中的元音 ［æ］ 的發音較強較重，我們就說這個詞的重音在第一個音節。這是重音一詞通俗的用法。重音的另一個比較嚴密的定義，是指語詞內部各音節間的高低或強弱的分布關係而言。

重音普通可以分爲「高低重音」（pitch accent・高さアクセント）和「強弱重音」（stress accent・強さアクセント）兩種。前者利用嗓音的高低來辨別詞義，後者利用嗓音的強弱來辨別詞義，性質不同。英語、德語、俄語等許多印歐語系的語言的重音多屬於強弱重音。國語、日語、泰語、越語等不少亞洲語言的重音則屬於高低重音。

日語的重音，表現在語詞內部各個音節間的相對高低關係上。每一個詞原則上都有一定的重音。例如「あたま」（頭）一詞有三個音節，各個音節之間保持一定的高低關係，也就是第一個音節低，第二個和第三個音節高，可以表示成あ￺たま［低高高］。

標準日語——以東京音爲基礎——的重音，可以根據有無重音核而分爲平板式（無重音核）和起伏式（有重音核）兩大類；起伏式又可根據重音核出現的位置進一步分爲頭高型、中高型、尾高型三種。由此可見，㈠有無重音核，㈡重音核的位置，是決定日語重音型式的兩個主要條件。

日語重音的型式

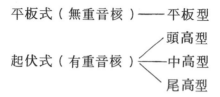

平板式（無重音核）——平板型

起伏式（有重音核）——頭高型
　　　　　　　　　　中高型
　　　　　　　　　　尾高型

　　所謂「有重音核」「無重音核」「重音核」等術語，在此必須略加說明。一個語詞內部的音節間如果沒有由高變低的過程，就說是「無重音核」，相反地，一個語詞內部的音節間如果有由高變低的過程，就說是「有重音核」。例如「たまご」的高低關係是「たまご」﹝低高低﹞，第二個音節「ま」和第三個音節「ご」之間有由高變低的過程，所以是「有重音核」，「さくら」的高低關係是「さくら」﹝低高高﹞，並沒有由高變低的過程，所以「無重音核」。

　　從另一個角度來看，如果音節之間有由高變低的過程，在低音節前面的高音節就是重音核的所在。例如「あなた」﹝低高低﹞，低音節「た」的前面的高音節是「な」，它是第二個音節，我們就說「あなた」的重音核在第二個音節。也就是說，重音核所在的音節後面的音節一定是低音節，所以我們可以把重音核看做一種指示的記號，指示它下面的音節必須是一個低音節。重音核通常以「⌐」這個記號來表示。例如「たまご」「あなた」。關於重音的各種不同的標示法，下面將會討論到。以下先就日語重音各種型式的基本特徵加以說明。

1.　平板型：無重音核。第一個音節略低，其餘音節高。
　　　はな（鼻）　　さくら（桜）　　たけのこ（竹の子）
2.　頭高型：重音核在第一個音節。第一個音節高，其餘的音節低。
　　　はし（箸）　　いのち（命）　　ふじさん（富士山）
3.　中高型：重音核在中間的音節。第一個音節和重音核後面的音節低，中間的音節高。中高型的重音只出現在三

　　　　個音節以上的語詞，如果是四音節的語詞就有兩種
　　　　中高型，五音節的語詞就有三種中高型，依此類推。

　　　あ￢なた（貴方）　　う￢ぐいす（鶯）　　あおぞ￢ら（青空）

　　4.　尾高型：重音核在最後一個音節，第一個音節低，其餘的音
　　　　節高。

　　　は￢な（花）　　お￢とこ（男）　　い￢もうと（妹）

　　從上面的說明可以發現，平板型和尾高型，單獨發音時的高低變
化完全一樣，那麼為什麼需要分為兩個不同的型式呢？它當然是有理
由的。平板型和尾高型根本上的差異在於有無重音核。平板型無重音
核，所以它後面接助詞時要高接，助詞為高音節；尾高型有重音核，
所以它後面接助詞時要低接，助詞為低音節。

平板型
　　は￢な（鼻）＋が　→　は￢なが
　　さ￢くら＋は　→　さ￢くらは
尾高型
　　は￢な（花）＋が　→　は￢なが
　　お￢とこ＋は　→　お￢とこは

　　從上面的說明，我們可以發現日語（東京話）的重音有下面兩大
特色：

　　㈠第一個音節和第二個音節的高低一定不同。第一個音節高的話
　　　，第二個音節一定低；第一個音節低的話，第二個音節一定高
　　　。換句話說，日語沒有○○○或○○○，這種型式的重音。

　　㈡一個語詞如果有兩個以上的高音節，一定是緊接在一起，不可
　　　能有兩個高音節之間夾著低音節的型式。換句話說，沒有
　　　○○○這種型式。

第二節　日語的重音和國語的四聲

國語的四聲和日語的重音雖然都屬於「高低重音」，性質却有極大的不同，所以一般都把國語的四聲叫做「聲調」，加以區別。下面讓我們來看看國語的聲調和日語的重音有什麼不同。

㈠所謂高低重音，在國語是指音節內部的高低變化而言，在日語則是指音節間的高低關係而言。換句話說，國語的聲調是以音節爲單位的「音節重音」，而日語則是以語詞爲單位的「詞重音」。國語基本上爲單音節語言，日語爲多音節語言，和重音的本質也是互有關聯的。

㈡國語的聲調在辨別詞義上有絕對的作用，聲調不同，詞義也就不同。例如〔ma〕這個音節，如果是第一聲的話，就是＜媽＞，第二聲的話就是＜麻＞，第三聲的話就是＜馬＞，第四聲的話就是＜罵＞，意思完全不一樣。相形之下，日語的重音在辨別詞義上，地位就沒有那麼重要。例如「くも」（雲・蜘蛛，都是頭高型）一詞，即使用平板型或尾高型來發音，也很少會引起誤會或聽不懂，在表情達意上不會造成妨礙。又如「こうえん」一詞，不管它是＜公園＞＜公演＞或＜講演＞，重音都是平板型，不因意思不同而有不同的重音。正因如此，一般人對日語的重音都不太重視。

日語的重音在辨別詞義上沒有絕對的作用，這一點還有兩個現象可以證明。第一個現象就是有很多詞語同時具有兩種以上的重音型。例如「くさばな」（草花）一詞就有くさばな、くさばな、くさばな、くさばな這四種型。根據大略的統計，日語每十個詞當中就有一個詞具有兩種以上的重音型。第二個現象就是日本各地方言的重音彼此之間有很大的歧異。尤其是關西方言的重音常常和東京話的重音相反。例如＜花＞一詞，東京的重音爲「はな」，關西却是「はな」；＜紙＞一詞，東京的重音爲「かみ」，關西却是「かみ」。

既然日語的重音不像國語的聲調那樣在區別詞義上有重要的地位，那麼外國人學日語的時候是不是可以不管重音準不準？雖然老一輩

教日語或學日語的人，對重音都不重視，認為只要講得通就好，不必管重音準不準，不過我們在這裡還是要強調把重音學好的重要性和必要性。理由有下面幾點：

㈠日語中靠重音的不同來辨別詞義的基本詞語仍然很多，如果這些詞語的重音沒有學好，還是會引起誤解。

［例］

あめ	（雨）	あめ	（飴）
かみ	（神）	かみ	（紙）
はし	（箸）	はし	（橋）
かめ	（龜）	かめ	（瓶）

㈡哪一個詞發什麼重音，對日本人來說是一種固定的語言習慣，如果外國人講日語在重音方面未能符合日本人的特定習慣，即使他講得非常流利，也會讓日本人覺得外國腔很重。

㈢每個語言都有它特有的節律（rhythm・リズム），這種節律是構成該語言的特色及美的因素之一。而高低重音正是形成日語節律的一個很重要的條件。因此我們如果不能把日語的重音學好，嚴格地說，就不能算是把日語學好。

　　基於上述理由，我們學日語，至少在理想上也應該把學好重音當做重要的學習目標，不可忽視。

第三節　日語重音實際的高低

　　日語的重音是語詞內部音節間的高低關係，上面已經一再強調。在這裡還必須指出的就是：所謂音節間的高低關係是一種相對的高低關係，而不是絕對的高低關係。所以如果有人問：日語的重音高是高到什麼程度，低是低到什麼程度，我們無法回答說高是高到第幾個音階，或低是低到第幾個音階。因為每個人的嗓音都有高低的不同，有

的人嗓音比較低，他所發出來的高音就比嗓音較高的人所發的高音爲低。甚至於有時候嗓音高的人所發的低音比嗓音低的人所發的高音還高，這也是有可能的。

那麼日語的重音，高是高到什麼程度，低是低到什麼程度，有沒有一個可供參考的標準？最好的方法就是把它拿來跟國語的四聲比較。

國語的四聲，根據趙元任博士的研究，可以拿五度標音法來標記。以縱軸表示高低，由下（低）而上（高）分爲低、半低、中、半高、高五度，以橫軸表示時間的幅度，這樣就可以把國語的四聲的高低變化以數字表示出來。

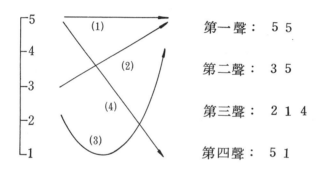

第一聲：　5 5

第二聲：　3 5

第三聲：　2 1 4

第四聲：　5 1

拿這個五度尺來做基準的話，日語重音中的高音部份大約和第一聲相等，也就是 55 ，低音部份有兩種情形：在重音核前面的低音約爲 33 ，在重音核後面的低音較低，約爲 11 。但這只是大約的尺度；實際上只要能和高音的部份有明顯的區別即可。

拿國語的四聲和日語的重音來比較，我們會發現一個有趣的事實。那就是日語也有類似國語第二聲和第四聲的發音。它究竟出現在什麼場合？我們可以在日語的長音中找到答案。

おおきい（大きい）是一個四音節詞（四拍）。前半部おお有兩個音節，第一個音節低，第二個音節高。可是從實際的發音來看，おお屬於長音，通常發成一個音節［ o: ］，因此原來存在於おお這兩個音節（兩拍）之間的高低關係就變成［ o: ］這一個長音節內部的高低

變化，聽起來就很像國語的第二聲。同理，後半部きい也有兩個音節，第一個音節高，第二個音節低。可是從實際的發音來看，きい也屬於長音，通常發成一個音節［ki：］，因此原來存在於きい這兩個音節之間的高低關係就變成［ki：］這一個長音節內部的高低變化，聽起來就很像國語的第四聲。

第四節　日語重音的規則性

　　日語的重音是以語詞爲單位，屬於「詞重音」（word accent・単
語アクセント），和以音節爲單位，屬於「音節重音」的國語聲調有別，前面已經提到。

　　「詞重音」可以分爲「固定重音」（bound accent・固定アクセント）和「自由重音」（free accent・自由アクセント）兩種。屬於「固定重音」的語言，重音核出現的位置固定不變，例如波蘭語每個詞的重音核一定出現在倒數第二個音節；土耳其語的重音核一定出現在最後一個音節；捷克語的重音核一定出現在第一個音節，所以都是「固定重音」。換句話說，固定重音非常有規則，學習起來極爲容易。

　　屬於「自由重音」的語言，重音核出現的位置因語詞而異，自由而不固定。例如英語、日語的重音都是「自由重音」，每一個詞的重音通常無法預測。換句話說，自由重音不像固定重音那樣有簡單的規則，學習起來比較困難。

　　日語的重音是「自由重音」，原則上必須每一個詞死記，不過其中仍有規則可循。因爲語言本身都是有規則的，否則就不是人類的記憶能力所能負荷。只是規則有簡單和複雜的不同罷了。下面幾節就是把日語的重音中有規則的部份分節敍述，提出許多實例，供讀者參考練習，希望讀者勤加背誦練習，這樣一定能正確掌握日語的重音，達成學好日語標準重音的目標。

　　由於國語和日語重音性質不同，加上日語重音的規則比較複雜，中國人學日語時常有將日語的「自由重音」改爲「固定重音」的傾向，也就是給所有的語詞均賦予同一的重音型──重音核都放在倒數第二個音節。

<中國式重音>

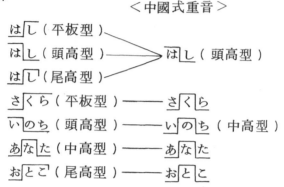

　　這種重音型單一化的現象，雖然在語言的傳達上不會造成妨礙，但東京出身的日本人聽起來會覺得外國腔調很重。因此初學日語的人，對日語重音的各種型式必須先學會分辨，然後記住每個字的重音，並根據本書中所列的各種規則勤加練習。務必在一開始就抱著把重音學好的打算。如果基礎不打好，學到中途才想矯正就會事倍功半，效果不彰。

　　如果各位碰到生字，要查出它的重音，可以利用日本三省堂出版的「新明解日本語アクセント辞典」或「新明解国語辞典」去查。

第五節　日語重音的標示法

　　日語重音的標示法相當多，不下十種。其中有的大同小異。下面以四音節詞爲例，將比較常見的標示法排比列舉，供各位參考。其他的標示法可以據此類推。

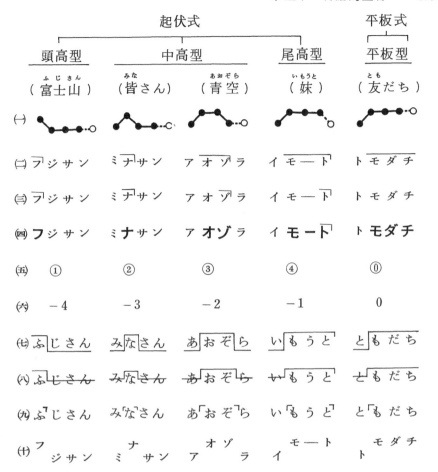

第㈠種標示法用於三省堂出版的「新明解国語辞典」和「新明解日本語アクセント辞典」前面的說明部份，○代表下接的助詞。

第㈡種標示法用於「新明解日本語アクセント辞典」和日本放送協會（NHK）編的「日本語發音アクセント辞典」。劃有——線的部份發高音，沒有橫線的部份發低音。「表示下接的音節要發低音。平板型最後一個音節是——而非「，表示下接的音節發高音。這種標示法在視覺上把日語重音的特徵表示得最清楚，很適合初學者用來學習，所以本書採用這個方式。

第㈢種標示法是沒有重音核的語詞（平板式）不做任何標示，有重音核的語詞（起伏式）則只標示重音核的位置，可以說是第二種的簡化。學術論文常採此種方式。

第㈣種是將發高音的音節以黑體字標示，並在尾高型尾部加 ⌐ 記號，以便和平板型區別。可以說是第㈡種方式的變形。「角川国語辞典」即採此方式。

第㈤種標示法是「新明解国語辞典」採用的方式，因為印刷上最為方便，國內有一些教科書加以採用。

第㈥種標示法和第㈤種標示法一樣，用阿拉伯數字標示重音核的位置。唯一不同之處就是第㈤種標示法從前面正數來決定重音核在第幾個音節，第㈥種標示法則從後面倒數來決定重音核在第幾個音節。日語有一些重音規則用第㈥種標示法說明比較方便，所以本書在必要的時候也採用這種標示法。

第㈦種標示法把每個音節的高低都標示出來，不像第㈡種到第㈥種標示法只標出重音核或高音節，最富於視覺性。歐美的日語教科書常採取此種標示法。

第㈧種標示法基本上和第㈦種相同，但把高低的差距縮短，反映出日語發音平板少起伏的特性。

第㈨種標示法除了把重音核標出來外，還把由低音節變為高音節的過程用「這個記號標示出來，使學習者能夠立刻分清音節的高低。

第㈩種標示法是用位置的高低表示音節的高低，和第㈠種標示法原理相同。優點是能夠一目瞭然，缺點是印刷比較不方便，而且看起來不整齊。

第六節　名詞・代名詞的重音

前面幾節主要是從理論方面對日語重音的基本特徵加以探討。在

下面幾節中，我們將把日語重音比較有規則的部分，以練習的形式提示出來，讓各位能透過有系統反覆的練習，掌握正確的重音。

在這一節裡頭，我們儘可能網羅初級和中級程度，比較常用的名詞、代名詞，按音節數的多寡依次排列。實際練習時應該以不同的重音型式交替練習，效果一定會大爲提高。

有一點必須指出的是：日語名詞的重音型和音節數有密切的關係。我們可以用下面的公式來說明：

名詞重音型種類＝音節數＋1

換句話說，一音節名詞有兩種重音型（頭高・平板）；二音節名詞有三種重音型（頭高・平板・尾高）；三音節名詞有四種重音型（頭高・平板・尾高・中高），依次類推。

代名詞尤其是所謂コソアド系統的指示詞，在重音型式上呈現極大的規則性，試觀下表不難明瞭。

これ　ここ　　こちら　　この　こう（近稱・平板式）
それ　そこ　　そちら　　その　そう（中稱・平板型）
あれ　あそこ　あちら　　あの　ああ（遠稱・平板型）
どれ　どこ　　どちら　　どの　どう（不定稱・頭高型）

1)　一音節詞

(a)　火＜火＞　　起伏式頭高型　　（－1 型）

例：ヒ（ガ）　ヒ（ハ）　ヒ（ノ）　ヒ（カラ）

手＜手＞　背＜個子＞　目＜眼睛＞　齒＜牙齒＞　絵＜畫＞

尾<尾巴>　木<樹木>　芽<芽>　矢<箭>

輪<環>　酢<醋>　死<死>　字<字>

(b)　日<太陽>　　平板式 平板型　　（０型）

例：ヒ（ガ）　ヒ（ハ）　ヒ（ノ）　ヒ（カラ）

身<身>　胃<胃>　子<兒女>　血<血>

気<氣>　痔<痔>　毛<毛>　蚊<蚊子>

葉<葉子>　柄<柄>　詩<詩>　図<圖>　値<價格>

名<名字>　戸<門>　実<果實>　身<身體>

2)　二音節詞

(a)　猫<猫>　　起伏式 頭高型　　（－２型）

例：ネコ（ガ）　ネコ（ハ）　ネコ（ノ）　ネコ（カラ）

いつ<什麼時候>　どこ<哪裏>　誰<誰>　何<什麼>

なぜ<爲什麼>　　どれ<哪一個>　　祖父<祖父>

祖母<祖母>　母<母親>　妻<妻子>　兄<哥哥>

姪<姪女>　婿<女婿>　神<神，天主>

眉<眉毛>　のど<喉嚨>　頬<面頬>　肩<肩膀>

猫<猫>　猿<猴子>　象<象>　へび<蛇>

かめ＜烏龜＞　はと＜鴿子＞　くも＜蜘蛛＞

たこ＜墨魚＞　鯉_{こい}＜鯉魚＞　鮭_{さけ}＜鮭魚＞　鰺_{あじ}＜竹筴魚＞

たい＜眞鯛＞　ふな＜鯽魚＞　松_{まつ}＜松樹＞　桑_{くわ}＜桑樹＞

金_{きん}＜金＞　銀_{ぎん}＜銀＞　銅_{どう}＜銅＞　春_{はる}＜春天＞

秋_{あき}＜秋天＞　空_{そら}＜天空＞　雲_{くも}＜雲＞　雨_{あめ}＜雨＞

海_{うみ}＜海＞　朝_{あさ}＜早上＞　夜_{よる}＜晩上＞　今朝_{けさ}＜今晨＞

帯_{おび}＜帶子＞　たび＜日式襪子＞　本_{ほん}＜書＞　ペン＜鋼筆＞

駅_{えき}＜火車站＞　まえ＜之前，前面＞　あと＜之後，後面＞

そば＜旁邊＞　なか＜裏面＞

(b)　犬_{いぬ}　＜狗＞　　起伏式尾高型_{おだかがた}　　（－1型）

例：イヌ˥（ガ）　イヌ˥（ハ）　イヌ￣（ノ）　イヌ￣（カラ）

　　注意：尾高型下接助詞「の」時變成平板型。

父_{ちち}＜父親＞　親_{おや}＜父母親＞　髪_{かみ}＜頭髮＞

舌_{した}＜舌頭＞　耳_{みみ}＜耳朵＞　あご＜下巴＞

腕_{うで}＜胳膊＞　ひじ＜胳臂＞　指_{ゆび}＜手指＞

足_{あし}＜脚＞　胸_{むね}＜胸＞　腹_{はら}＜腹部＞

骨_{ほね}＜骨頭＞　犬_{いぬ}＜狗＞　馬_{うま}＜馬＞　熊_{くま}＜熊＞

鹿_{しか}＜鹿＞　のみ＜跳蚤＞　靴_{くつ}＜鞋子＞

襟_{えり}＜領子＞　服_{ふく}＜衣服＞　紙_{かみ}＜紙＞

すみ＜墨＞　米＜米＞　めし＜飯＞　塩＜鹽＞

肉＜肉＞　栗＜栗子＞　豆＜豆＞　いも＜芋頭＞

海苔＜紫菜＞　糊＜漿糊＞　菊＜菊花＞

草＜草＞　花＜花＞　茎＜莖＞　山＜山＞

川＜河＞　谷＜山谷＞　池＜池塘＞

波＜波浪＞　雪＜雪＞　霜＜霜＞　熱＜發燒＞　旅＜旅行＞

夏＜夏天＞　冬＜冬天＞　村＜村子＞　島＜島＞

こと＜事＞　もの＜東西＞　まま＜一如原樣＞

とき＜時候＞　昼＜白天＞

(c)　鳥　＜鳥＞　　　平板式平板型　　（０型）

例：トリ（ガ）　トリ（ハ）　トリ（ノ）　トリ（カラ）

姉＜姊姊＞　おじ＜伯父，叔父＞　おば＜伯母，叔母＞

甥＜外甥＞　顔＜臉＞　鼻＜鼻子＞　口＜嘴＞

首＜脖子＞　ひげ＜鬍子＞　腰＜腰＞

膝＜膝蓋＞　爪＜指甲＞　肺＜肺＞　牛＜牛＞

豚＜豬＞　虎＜老虎＞　鷲＜鷲＞　虫＜蟲＞

せみ＜蟬＞　あり＜螞蟻＞　蜂＜蜜蜂＞

いか＜烏賊＞　さば＜青花魚＞　かに＜螃蟹＞

袖<袖子>　　裾<下襬>　　下駄<木屐>

ここ<這裡>　　そこ<那裏>　　これ<這個>

それ<那個（中稱）>　　あれ<那個（遠稱）>　　上<上面>

下<下面>　　横<旁邊>　　お茶<茶>

酒<酒>　　皿<盤子>　　筆<毛筆>

竹<竹子>　　梅<梅>　　枝<樹枝>

森<森林>　　岡<小丘>　　庭<庭院>

道<路>　　砂<砂>　　水<水>　　風<風>

霧<霧>　　星<星星>　　はず<理應>

ほか<其他>　　さき<剛才>

3)　三音節詞

(a)　命　<生命>　　　起伏式頭高型　　　（-3 型）

例：イノチ（ガ）　イノチ（ハ）　イノチ（ノ）　イノチ（カラ）

どなた<哪一位>　　どちら<哪裏>　　いくつ<幾個>

どんな<怎樣的>　　いくら <多少>

家族<家人>　　主人<外子>　　家内<內人>

生徒<（中小）學生>　　名字<姓>

大工<木匠>　　家主<房東>　　家賃<房租>

映画＜電影＞　歌劇＜歌劇＞　午前＜上午＞

天気＜天氣＞　空気＜空氣＞　緑＜綠色＞

広さ＜寬度＞　長さ＜長度＞　めがね＜眼鏡＞

御飯＜飯＞　荷物＜行李＞　苦労＜辛苦＞

便利＜方便＞　不便＜不方便＞　電気＜電，電燈＞

元気＜精神＞　あらし＜暴風雨＞　れんが＜磚＞

本屋＜書店＞　神社＜神社＞　景色＜景致＞

きれい＜漂亮，乾淨＞　静か＜安静＞　かなり＜相當＞

すまい＜住所＞　設備＜設備＞　火山＜火山＞

明治＜明治＞　涙＜眼淚＞　姿＜姿態，狀態＞　目下＜目前＞

テレビ＜電視＞　ラジオ＜收音機＞　ゴルフ＜高爾夫球＞

テニス＜網球＞　バレー＜芭蕾舞，排球＞　オペラ＜歌劇＞

ビール＜啤酒＞　ミルク＜牛奶＞　バター＜奶油＞

ホテル＜大飯店＞　ベット＜床＞　トイレ＜洗手間＞

マッチ＜火柴＞　ナイフ＜小刀＞　レンジ＜烤箱＞

ペンチ＜鉗子＞　タイル＜瓷磚＞　レンズ＜鏡頭＞

スーツ＜成套西裝＞　オイル＜油，石油＞　インキ＜墨水＞

(b)　お菓子＜糕點＞　起伏式中高型　（－2型）爲數甚少。

例：オガシ（ガ）　オガシ（ハ）　オガシ（ノ）　オガシ（カラ）

あなた＜你＞　　いとこ＜ 堂(表)兄弟姉妹 ＞　　＊きのう＜昨天＞

＊火曜＜星期二＞　　＊土曜＜星期六＞　　ひとり＜獨自一人＞

一つ＜一個＞　　五つ＜五個＞　　七つ＜七個＞

すし屋＜日本壽司店＞　　そば屋＜麵店＞　　花屋＜花店＞

くず屋＜收破銅爛鐵的人＞　　おふろ＜澡盆＞　　におい＜氣味＞

＊胡椒＜胡椒＞　　くしゃみ＜噴嚏＞　　＊砂糖＜砂糖＞

付近＜附近＞　　雨戸＜木板套窗＞　　網戸＜紗門（窗）＞

＊試験＜考試＞　　おもちゃ＜玩具＞　　少し＜一點＞

＊日本＜日本＞

　　注意：有 ＊號者下接助詞「の」時發成平板型。

(c)　頭　＜頭＞　　　起伏式尾高型　（－1 型）

例：アタマ（ガ）　アタマ（ハ）　アタマ（ノ）　アタマ（カラ）

男＜男人＞　　女＜女人＞　　娘＜女兒，小姐＞　　みんな＜大家＞

あした＜明天＞　　ゆうべ＜昨夜＞　　夜中＜半夜＞

鏡＜鏡子＞　　そっち＜那邊（中稱）＞　　あっち＜那邊（遠稱）＞

三つ＜三個＞　　四つ＜四個＞　　六つ＜六個＞

四角＜四方＞　　頭＜頭（腦）＞　　さしみ＜生魚片＞

言葉＜語言＞　　話＜話，故事＞　　道具＜道具＞

花見＜賞花＞　会議＜會議＞　返事＜答覆＞

便所＜厠所＞　ふろ場＜浴室＞　工場＜工廠＞

大事＜重要＞　上手＜高明＞　泳ぎ＜游泳＞

帰り＜回來＞　休み＜休息＞　痛み＜疼痛＞

光＜光（線）＞　座敷＜日式客廳＞　すずり＜硯台＞

(d)　西瓜　＜西瓜＞　　平板式平板型（０型）爲數最多。

例：スイカ（ガ）　スイカ（ハ）　スイカ（ノ）　スイカ（カラ）

わたし＜我＞　子供＜小孩＞　息子＜兒子＞

教授＜敎授＞　女優＜女演員＞　芸者＜藝妓＞

女中＜女傭＞　社長＜董事長＞　自分＜自己＞

今年＜今年＞　二十日＜二十號＞　時間＜時間＞

南＜南方＞　左＜左邊＞　手前＜這邊兒，跟前＞

後ろ＜後面＞　まわり＜四周＞　向こう＜對面＞

こちら＜這邊＞　そちら＜那邊（中稱）＞　あちら＜那邊（遠稱）＞

あそこ＜那兒（遠稱）＞　あいだ＜期間＞

八百屋＜賣菜的＞　酒屋＜酒店＞　床屋＜理髮店＞

貸家＜出租的房子＞　旅館＜旅社＞　洋間＜西式房間＞

からだ＜身體＞　丈夫＜結實＞　病気＜生病＞

薬＜藥＞　鼻血＜鼻血＞　うさぎ＜兔子＞

小鳥＜小鳥＞　　さかな＜魚＞　　桜＜櫻花＞

紅茶＜紅茶＞　　しょう油＜醬油＞　　畑＜田＞

英語＜英語＞　　漢字＜漢字＞　　習字＜習字＞

時計＜鐘，錶＞　　電話＜電話＞　　こたつ＜被爐＞

下着＜內衣＞　　着物＜衣服，和服＞　　浴衣＜浴衣＞

上着＜外衣，上衣＞　　和服＜和服＞

上り＜上行＞　　下り＜下行＞

会社＜公司＞　　雑誌＜雜誌＞　　仕事＜工作＞

政治＜政治＞　　歴史＜歷史＞　　昭和＜昭和＞　　平和＜和平＞

和室＜日式房間＞　　和食＜日本菜＞　　畳＜踏踏米＞

机＜桌子＞　　戸棚＜櫥櫃＞　　たんす＜衣櫥＞

布団＜棉被＞　　帽子＜帽子＞　　背広＜西裝＞

手紙＜信＞　　たばこ＜香煙＞　　土産＜特產；禮品＞

乗り場＜站台；碼頭＞　　売り場＜出售處＞　　酒場＜酒館＞

港＜港口＞　　車＜車子＞　　野球＜棒球＞

始め＜開始＞　　終わり＜終了＞

名前＜姓名＞　　お金＜錢＞　　値段＜價錢＞

物価＜物價＞

用事＜事情＞　　遠慮＜客氣＞　　番地＜門牌號＞　　地球＜地球＞

氷<冰塊>　地震<地震>　旅行<旅行>

散歩<散歩>　切符<票>　食事<進餐>

真珠<珍珠>　廊下<走廊>　毎度<每次>

普通<普通>　都合<理由；情況>　場合<情形>

具合<情況>　一緒<一起>

気候<氣候>　平気<不在乎>

名刺<名片>　故障<故障>

コップ<玻璃杯>　ピアノ<鋼琴>　ガラス<玻璃>

ベルト<皮帶>　タイヤ<輪胎>　バンド<腰帶，樂隊>

4)　四音節詞

(a)　毎朝<每天早上>　　起伏式頭高型　（－4型）

例：マイアサ（ガ）　マイアサ（ハ）　マイアサ（ノ）　‥‥

毎日<每日>　毎晩<每晚>　今晩<今晚>

兄弟<兄弟姊妹>　ぼっちゃん<（稱別人的）男孩，少爺>

音楽<音樂>

玄関<正門>　本箱<書櫃>　あいさつ<寒喧，致詞>

氷山<冰山>

軍隊<軍隊>　迷惑<麻煩，為難>　経済<經濟>　三百<三百>

給料<薪水>　仏教<佛教>　ほうぼう<四處>　おおかみ<狼>

けっこう<很好>

ネクタイ<領帶>　オーバー<外套>　カーテン<窗簾>

アドレス<住址>　サービス<服務>　エンジン<引擎>

ライター<打火機>　ロッカー<衣櫃>　タンカー<油輪>

サッカー<足球>　チェック<支票>

(b)　皆さん<大家>　　起伏式中高型（－3型）

例：ミナ┐サン（ガ）　ミナ┐サン（ハ）　ミナ┐サン（ノ）　‥‥

火曜日<星期二>　土曜日<星期六>　あさって<後天>

おととし<前年>　事務員<辦事員>

建物<建築物>　地下室<地下室>　自動車<汽車>

自転車<自行車>　二等車<二等車>　飛行機<飛機>

果物<水果>　飲み物<飲料>　飲み水<飲用水>

湯ざまし<涼開水>　窓口<（銀行、機關等的）窗口>

手洗い<洗手間>　くつ下<襪子>　手袋<手套>

紫<紫色>　九つ<九個>　一番<最，一號>

失礼<失禮>　陸軍<陸軍>

デパート＜百貨公司＞　アパート＜公寓＞　ストーブ＜火爐子＞

マジック＜魔術＞　グループ＜集團＞　　レコード＜唱片＞

スポーツ＜運動＞　ブレーキ＜煞車器＞　ドロップ＜水果糖＞

トラック＜卡車＞　スナック＜吃宵夜的小餐館＞

スカート＜裙子＞

(c)　湖_{みずうみ}　＜湖＞　　起伏式中高型　（－2型）

例：ミズウﾞミ（ガ）　ミズウ｜ミ（ハ）　ミズウﾞミ（ノ）　‥‥

先生_{せんせい}＜老師＞　弁護士_{べんごし}＜律師＞　看護婦_{かんごふ}＜護士＞

百姓_{ひゃくしょう}＜農夫＞　料理屋_{りょうりや}＜餐廳＞　弁当_{べんとう}＜便當＞

おととい＜前天＞　工場_{こうじょう}＜工廠＞　案内_{あんない}＜嚮導＞

大雨_{おおあめ}＜傾盆大雨＞　暴風_{ぼうふう}＜暴風＞　石炭_{せきたん}＜煤＞

六畳_{ろくじょう}＜六個踏踏米大＞　番号_{ばんごう}＜號碼＞　半分_{はんぶん}＜一半＞

ローマ字_じ＜羅馬字＞　雨がさ_{あま}＜雨傘＞　提灯_{ちょうちん}＜燈籠＞

コーヒー＜咖啡＞

(d)　弟_{おとうと}　＜弟弟＞　　起伏式尾高型　（－1型）爲數甚少。

例：オトート｜（ガ）　オトート｜（ハ）　オトート（ノ）　‥‥

妹_{いもうと}＜妹妹＞　年より_{とし}＜老年人＞　正月_{しょうがつ}＜正月＞

一月_{いちがつ}＜一月＞　一日_{ついたち}＜初一＞　半日_{はんにち}＜半天＞

昼<ひる>すぎ＜下午＞　雷<かみなり>＜雷＞　正直<しょうじき>＜誠實＞

楽<たの>しみ＜樂趣＞　ろうそく　＜蠟燭＞

(e)　学校<がっこう>＜學校＞　　平板式平板型　（０型）爲數最多。

例：ガッコー（パ）　　ガッコー（ハ）　　ガッコー（ノ）　………

おじさん＜叔叔，伯父＞　おばさん＜嬸嬸，伯母＞

外人<がいじん>＜外國人＞　校長<こうちょう>＜校長＞　学長<がくちょう>＜大學校長＞

友<とも>だち＜朋友＞　俳優<はいゆう>＜演員＞　店員<てんいん>＜店員＞

工員<こういん>＜工人＞　兵隊<へいたい>＜軍隊＞　軍人<ぐんじん>＜軍人＞　水牛<すいぎゅう>＜水牛＞

たばこ屋<や>＜香煙店＞　さかな屋<や>＜魚店＞　植木屋<うえきや>＜花匠＞

今月<こんげつ>＜這個月＞　今週<こんしゅう>＜這個星期＞　来週<らいしゅう>＜下個星期＞

来年<らいねん>＜明年＞　先日<せんじつ>＜前幾天＞　先週<せんしゅう>＜上個星期＞

毎週<まいしゅう>＜每個星期＞　毎月<まいつき>＜每個月＞　毎年<まいねん>＜每年＞

週末<しゅうまつ>＜週末＞　終戦<しゅうせん>＜戰爭結束＞　戦前<せんぜん>＜戰前＞

戦争<せんそう>＜戰爭＞　西暦<せいれき>＜西元＞　旧暦<きゅうれき>＜舊曆＞

日本語<にほんご>＜日語＞　ドイツ語<ご>＜德語＞　ロシア語<ご>＜俄語＞

勉強<べんきょう>＜用功＞　練習<れんしゅう>＜練習＞　高校<こうこう>＜高中＞

大学<だいがく>＜大學＞　学校<がっこう>＜學校＞　東大<とうだい>＜東京大學＞

卒業<そつぎょう>＜畢業＞　教育<きょういく>＜敎育＞　文法<ぶんぽう>＜語法＞

洋食<ようしょく>＜西餐＞　洋服<ようふく>＜西服＞　洋館<ようかん>＜洋房＞

洋式＜西式＞　　洋室＜西式房間＞　　軍服＜軍服＞

銀行＜銀行＞　　公園＜公園＞　　病院＜醫院＞

教会＜教會＞　　交番＜派出所＞　　劇場＜劇場＞

階段＜樓梯＞　　屋上＜屋頂＞　　佛壇＜佛龕＞

寝室＜臥房＞　　煙突＜煙卤＞　　暖房＜暖氣＞

寝台＜床＞　　水道＜自來水＞　　水洗＜冲水＞

ごみ箱＜垃圾箱＞　　塵紙＜衞生紙＞　殘飯＜剩飯＞

買い物＜購物＞　　牛肉＜牛肉＞　　豚肉＜豬肉＞

牛乳＜牛奶＞　　すき焼き＜日式火鍋＞　てんぷら＜炸蝦（魚類）＞

朝めし＜早飯＞　　ごちそう＜請客＞　　動物＜動物＞

鉛筆＜鉛筆＞　　石けん＜肥皂＞　　宝石＜寶石＞　　人形＜娃娃＞

灰色＜灰色＞　　桃色＜粉紅色＞　　反対＜反對＞

夕立＜驟雨＞　　夕方＜傍晚＞　　有名＜有名＞

外国＜外國＞　　国際＜國際＞　　新聞＜報紙＞

郵便＜郵政，郵件＞　　広告＜廣告＞　　温泉＜溫泉＞

洗濯＜洗滌＞　　専門＜專門＞　　経験＜經驗＞

習慣＜習慣＞　　説明＜說明＞　　質問＜發問＞

紹介＜介紹＞　　結婚＜結婚＞　　失敗＜失敗＞

集団＜集團＞　　観光＜觀光＞　　見物＜遊覽＞

約束<約定>　　受付<受理，傳達室>　　前売り<預售>

注文<訂購>　　受取<收受，收據>　　連絡<聯絡>　　輸入<進口>

交通<交通>　　特急<特快車>　　急行<快車>

往復<來回>　　貿易<貿易>　　売上げ<銷售額>

乗り換え<換車>　　特別<特別>　　例外<例外>

西向き<朝西>　　適当<適當>　　生活<生活>

相談<商量>　　就職<就業>　　競争<競爭>

転勤<調職>　　会計<會計>　　複雑<複雜>　　直角<直角>

心配<擔心>　　拝見<看（謙稱）>　　停電<停電>

大切<重要>　　大変<非常，不得了>　　大抵<通常>

大体<大致>　　修繕<修理>　　密林<叢林>

百円<一百塊錢>　　米ドル<美元>　　両替<兌換>

いろいろ<各式各樣>　　ご無沙汰<久疏問候>

テーブル<飯桌>　　アイロン<熨斗>　　スタンド<枱燈>

ガソリン<汽油>　　ワイシャツ<襯衫>

5)　五音節詞

(a)　お月さま<月亮>　　起伏式頭高型（－5型）為數甚少。

例：オッキサマ（ガ）　オッキサマ（ハ）……

大工さん＜木匠＞　花子さん＜花子小姐＞　太郎君＜太郎＞

ピクニック＜郊遊＞　テクニック＜技巧＞

トイレット＜洗手間＞　エチケット＜禮貌＞

メッセージ＜傳言＞　コンサート＜音樂會＞

(b)　お母さん＜母親＞　　起伏式中高型（－4型）爲數甚少。

例：オガーサン（ガ）　オガーサン（ハ）‥‥

おねえさん＜姐姐＞　お父さん＜父親＞　おばあさん＜奶奶＞

おじいさん＜爺爺＞　桃太郎＜桃太郎＞

デラックス＜豪華＞　スラックス＜西褲＞

(c)　冬休み＜寒假＞　　起伏式中高型（－3型）爲數最多。

例：フユヤスミ（ガ）　フユヤスミ（ハ）‥‥

春休み＜春假＞　夏休み＜暑假＞　昼休み＜中午休息時間＞

映画館＜電影院＞　大使館＜大使館＞　美術館＜美術館＞

外務省＜外交部＞　文部省＜教育部＞　法務省＜法務部＞

ドイツ人＜德國人＞　ロシア人＜俄國人＞　インド人＜印度人＞

月曜日＜星期一＞　水曜日＜星期三＞　金曜日＜星期五＞

晩御飯＜晩飯＞　朝御飯＜早飯＞　昼御飯＜午飯＞

喫茶店＜咖啡店＞　山登り＜登山＞　かたつむり＜蝸牛＞

花畑〈花圃〉　　　　　猿回し〈耍猴兒的〉　　恋敵〈情敵〉

雨宿り〈避雨〉　　　　色男〈小白臉〉　　　　運任せ〈看運氣〉

里帰り〈回娘家〉　　　青写真〈藍圖〉　　　　花言葉〈花語〉

無駄遣い〈浪費〉　　　物覚え〈記性〉　　　　鼠講〈老鼠會〉

恥知らず〈不要臉〉　　恩返し〈報恩〉　　　　痩我慢〈逞強〉

山登り〈登山〉　　　　雪景色〈雪景〉　　　　渡り鳥〈候鳥〉

プログラム〈程序表〉　ワンピース〈連衣裙〉

イタリック〈斜體字〉　パーセント〈百分率〉

マッサージ〈按摩〉

(d)　にわか雨〈驟雨〉　　　起伏式中高型（－2型）

例：ニワカア￢メ（ガ）　ニワカアメ（ハ）‥‥

帆掛船〈帆船〉　　大阪市〈大阪市〉　　後影〈背影〉

(e)　十二月〈十二月〉　　　起伏式尾高型（－1型）

例：ジューニガツ（ガ）　ジューニガツ（ハ）‥‥

お正月〈正月〉　菊の花〈菊花〉　こわれ物〈易碎品〉

内の人〈外子〉

(f)　領収書〈收據〉　　　　平板式平板型（0型）

例：リョーシューショ（ガ）　リョーシューショ（ハ）‥‥

発電所＜發電廠＞　　日本髪＜日本髪型＞　　顕微鏡＜顯微鏡＞

専門家＜專家＞　　さつま芋＜番薯＞　　二日酔い＜宿醉＞

お年玉＜壓歲錢＞　　負け惜しみ＜好強＞　　卵焼＜煎蛋＞

握り飯＜飯團＞　　忘れ物＜忘拿的東西＞

6)　六音節詞

　(a)　船長さん＜船長＞　　　起伏式頭高型（－6 型）

例：センチョーサン（ガ）　センチョーサン（ハ）‥‥

水兵さん＜海軍士兵＞　　兄さんたち＜哥哥們＞

トーナメント＜淘汰賽＞

　(b)　おまわりさん＜警察＞　起伏式中高型（－5 型）

例：オマワリサン（ガ）　オマワリサン（ハ）‥‥

御稲荷さん＜五穀神＞　　トレーニング＜訓練＞

　(c)　大統領＜總統＞　　　起伏式中高型（－4 型）

例：ダイトーリョー（ガ）　ダイトーリョー（ハ）‥‥

とうもろこし＜玉蜀黍＞　郵便局＜郵局＞　留学生＜留學生＞

中学生＜初中生＞　　小学校＜小學＞　　中学校＜初中＞

運動会＜運動大會＞　　万年筆＜鋼筆＞　　親孝行＜孝順＞

パイナップル＜鳳梨＞　ディクテーション＜聽寫＞

オリエンタル＜東方的＞

(d)　保険会社＜保險公司＞　起伏式中高型（－3型）為數最多。

例：ホ̅ケ̅ン̅ガ̅イ̅シャ̅（ガ）　ホ̅ケ̅ン̅ガ̅イ̅シャ̅（ハ）……

中国人＜中國人＞　英国人＜英國人＞　アメリカ人＜美國人＞

電気会社＜電力公司＞　貿易商＜貿易商＞

指名手配＜通緝＞　おもちゃ売り場＜玩具部＞

サンドイッチ＜三明治＞　ハンドバッグ＜手提包＞

インスタント＜速食的＞　アウトライン＜大綱＞

ベースボール＜棒球＞　オリンピック＜奧林匹克＞

カラーテレビ＜彩色電視＞　ダンスホール＜舞廳＞

明治時代＜明治時代＞

(e)　十一月＜十一月＞　起伏式尾高型（－1型）

例：ジュ̅ー̅イ̅チ̅ガ̅ツ̅（ガ）　ジュ̅ー̅イ̅チ̅ガ̅ツ̅（ハ）‥‥

預り物＜寄存的東西＞　三時間目＜第三堂（課）＞

(f)　奨学金＜獎學金＞　平板式平板型（0型）

例：ショ̅ー̅ガ̅ク̅キ̅ン̅（ガ）　ショ̅ー̅ガ̅ク̅キ̅ン̅（ハ）…

紫色＜紫色＞　キリスト教＜基督教＞　三階建＜三層樓＞

一年中＜整年＞
<small>いちねんじゅう</small>

7)　七音節以上的 詞

　　－3 型佔絕大多數。

貿易会社＜貿易公司＞　　株式会社＜股份有限公司＞
<small>ぼう えき がい しゃ</small>　　<small>かぶ しき がい しゃ</small>

ガソリンスタンド＜加油站＞　アイスクリーム＜冰淇淋＞

生命保険＜人壽保險＞　　身体検査＜身體檢查＞
<small>せい めい ほ けん</small>　　<small>しん たい けん さ</small>

法学博士＜法學博士＞　　消防自動車＜救火車＞
<small>ほう がく はか せ</small>　　<small>しょうぼう じ どう しゃ</small>

第七節　固有名詞的重音

　　固有名詞（地名、人名）的重音不像普通名詞那樣複雜，相當有
規則。原則上只有平板型和 －3 型（重音核位於倒數第三音節。因此
三音節和二音節的固有名詞都是頭高型。）

　　如果倒數第三音節是促音、撥音或複元音和長音的後半時，重音
核通常會向前移動一個音節。（參看 181 頁四音節的固有名詞）

[練習]
1)　一音節和二音節的固有名詞
a)　頭高型

　　＜地名＞　千葉（ちば ）

　　津　吳　奈良　三重　滋賀　佐賀　那覇　伊勢
　　<small>つ</small>　<small>くれ</small>　<small>なら</small>　<small>みえ</small>　<small>しが</small>　<small>さが</small>　<small>なは</small>　<small>いせ</small>

嘉義（かぎ）　慈湖（じこ）　馬祖（まそ）　埔里（ほり）

<姓名>　三木（みき）

谷（たに）　関（せき）　花（はな）　由美（ゆみ）　美代（みよ）　はる　哲（てつ）

<中國人和韓國人的姓都是頭高型>　李（り）

呉（ご）　賀（が）　魏（ぎ）　馬（ま）　何（か）　柯（か）　蘇（そ）　施（し）　資（し）　羅（ら）　余（よ）

謝（しゃ）　朱（しゅ）　徐（じょ）

高（とう）　江（とう）　黄（とう）　洪（とう）　丁（てい）　鄭（てい）　程（てい）　葉（よう）　楊（よう）　曾（そう）　荘（そう）

王（おう）　董（とう）　馮（ふう）　鄒（すう）　毛（もう）　鄧（とう）　湯（とう）　孟（もう）

郭（かく）　朴（ぼく）　石（せき）　蔡（さい）　盛（せい）　頼（らい）　戴（たい）

金（きん）　全（ぜん）　錢（せん）　林（りん）　陳（ちん）　孫（そん）　顔（がん）　沈（しん）　萬（まん）　簡（かん）　尹（いん）

潘（はん）　連（れん）　詹（せん）

周（しゅう）　劉（りゅう）　張（ちょう）　鍾（しょう）　章（しょう）　蕭（しょう）　姜（きょう）　龔（きょう）　邵（しょう）　邱（きゅう）　廖（りょう）

薛（せつ）　郝（しゃく）

b)　平板型

<地名>　岐阜（ぎふ）　　水戸（みと）　野田（のだ）

<姓名>　小田（おだ）　戸田（とだ）　小野（おの）　森（もり）　辻（つじ）

2)　三音節的固有名詞

a）頭高型

<地名> 京都　（きょうと）

秋田　群馬　愛知　富山　高知　兵庫　熱海

<中國地名多爲頭高型>

士林　萬華　宜蘭　花蓮　梨山　景美　故宮

輔仁　文化　東吳

例外：　高雄（たかお）

<姓>　　佐藤（さとう）

野上　湯川　樋口　尾崎　大野　小山　柴田

<名>　孝　正　博　太郎　明　緑　幸子　智子　和子

注意：三音節的日本人名如果最後一個音節是「～子」一定發成
　　　頭高型。

<中國人名多爲頭高型>　　　麗華（れいか）

文如　宜君　美蓉　貴蘭　明華　雅鈴

語堂　胡適　関羽　紫源　進和　劉備

<歐美人名和地名也多爲頭高型>

スミス＜史密斯＞　ケネディ＜甘迺迪＞

ベティー＜貝蒂＞　ジャック＜傑克＞

ダレス＜杜勒斯＞　サダト＜沙達特＞

　　　　カナダ＜加拿大＞　　ドイツ＜德國＞

　　　　イラン＜伊朗＞　　リビア＜利比亞＞

　　　　スイス＜瑞士＞　　イラク＜伊拉克＞

a）平板型

東京人熟悉的地名、人名多爲平板型。

　　＜地名＞　箱根（はこね）

　　　　福井　甲府　上野　神田　日比谷　銀座　渋谷
　　　　　ふくい　とうふ　うえの　かんだ　ひびや　ぎんざ　しぶや

　　　　代代木
　　　　よよぎ

　　＜姓＞　　鈴木（すずき）

　　　　青木　佐々木　河井　吉田　三島　小沢　石井
　　　　あおき　ささき　かわい　よしだ　みしま　おざわ　いしい

　　　　小松　田中　伊藤　林
　　　　こまつ　たなか　いとう　はやし

　　＜名＞　　進　茂　一夫　薫　明美　真由美　利江　幹代
　　　　　　　すすむ　しげる　かずお　かおる　あけみ　まゆみ　としえ　みきよ

　　注意：三音節的日本人名如最後一個音節是～お、～み、～え
　　　　、～よ，原則上都發成平板型。

3）四音節的固有名詞

a）起伏式中高型（−3型）

＜地名＞　岡山（おかやま）

<ruby>青森<rt>あお もり</rt></ruby>　<ruby>長崎<rt>なが さき</rt></ruby>　<ruby>神奈川<rt>か な がわ</rt></ruby>　<ruby>和歌山<rt>わ か やま</rt></ruby>　<ruby>福岡<rt>ふく おか</rt></ruby>　<ruby>福隆<rt>ふくりゅう</rt></ruby>

注意：｢サ｣イタマ・｢キ｣ールン爲頭高型係因倒數第三個音節是複元音、長音或撥音使重音核向前移動一個音節的緣故。

（例）　<ruby>新橋<rt>しんばし</rt></ruby>　<ruby>仙台<rt>せんだい</rt></ruby>　<ruby>埼玉<rt>さいたま</rt></ruby>　<ruby>淡水<rt>たん すい</rt></ruby>　<ruby>金山<rt>きんざん</rt></ruby>　<ruby>基隆<rt>キールン</rt></ruby>　<ruby>淡江<rt>たんこう</rt></ruby>

＜姓＞　山下（やま｢した）

<ruby>谷崎<rt>たにざき</rt></ruby>　<ruby>竹内<rt>たけ うち</rt></ruby>　<ruby>関口<rt>せきぐち</rt></ruby>　<ruby>朝永<rt>とも なが</rt></ruby>　<ruby>高橋<rt>たか はし</rt></ruby>　<ruby>上原<rt>うえはら</rt></ruby>　<ruby>松村<rt>まつ むら</rt></ruby>

<ruby>鬼塚<rt>おに づか</rt></ruby>

＜名＞　<ruby>正幸<rt>まさ ゆき</rt></ruby>　<ruby>時政<rt>とき まさ</rt></ruby>

＜中國人名多爲頭高型（－4型）＞　雪麗　（｢せ｣つれい）

<ruby>学新<rt>がくしん</rt></ruby>　<ruby>鎮東<rt>ちん とう</rt></ruby>　<ruby>階晉<rt>かい しん</rt></ruby>　<ruby>生勇<rt>せい ゆう</rt></ruby>　<ruby>育徳<rt>いくとく</rt></ruby>　<ruby>洋港<rt>よう こう</rt></ruby>

<ruby>敏玲<rt>びんれい</rt></ruby>　<ruby>恵明<rt>けい めい</rt></ruby>　<ruby>淑燕<rt>しゅくえん</rt></ruby>　<ruby>湘恵<rt>しょうけい</rt></ruby>　<ruby>秀玉<rt>しゅうぎょく</rt></ruby>　<ruby>暁雲<rt>ぎょう うん</rt></ruby>

＜歐美人多爲頭高型＞　｢ト｣ムソン＜湯姆遜＞

ニクソン＜尼克森＞　ジョンソン＜詹森＞

サッチャー＜柴契爾＞　ワトソン＜華德森＞

エジソン＜愛迪生＞　ニュートン＜牛頓＞

例外：ド｢ゴ｣ール＜戴高樂＞

b）平板型

東京人熟悉的地名、人名多爲平板型。

<地名>　東京（ とうきょう ）

　　　　　新宿　品川　浅草　両国　大阪　熊本　大分
　　　　　しんじゅく　しながわ　あさくさ　りょうごく　おおさか　くまもと　おおいた

　　　　　新潟　鳥取　鹿児島　札幌
　　　　　にいがた　とっとり　かごしま　さっぽろ

　　　　　台北　台南　台中　台湾（ 或發成　たいわん ）
　　　　　たいぺく　たいなん　たいちゅう　たいわん

　　　　　屏東
　　　　　へいとう

　　　　　アメリカ＜美國＞　　イギリス＜英國＞

　　　　　フランス＜法國＞　　オランダ＜荷蘭＞

　　　　　イタリア＜義大利＞　　エジプト＜埃及＞

<姓>　　相沢　川上　中島　山本　宮本　杉山　小林
　　　　　あいざわ　かわかみ　なかじま　やまもと　みやもと　すぎやま　こばやし

　　　　　長谷川　近藤
　　　　　はせがわ　こんどう

注意：五音節以上的固有名詞幾乎都是－3型（○○○○○型）
　　　。如果倒數第三個音節是促音、撥音或複元音和長元音的
　　　後半時，重音核通常會向前移動一個音節。（下列中附有
　　　＊號者即是）。

　　　　　池袋　秋葉原
　　　　　いけぶくろ　あきはばら

　　　　　ニューヨーク＜紐約＞　　ロスアンゼルス＜洛杉磯＞

　　　　　オーストラリア＜澳大利亞＞

　　　　　＊ワシントン＜華盛頓＞　＊アンダーソン＜安德遜＞

　　　　　北海道
　　　　　＊ほっかいどう

第八節　外來語的重音

　　日本的外來語可以分爲十六世紀以後借自西洋，以片假名書寫的「歐美系統外來語」和自古以來借自中國，以漢字書寫的「漢語系統外來語」兩種。現在一般所謂外來語都指「歐美系統外來語」，把「漢語系統外來語」稱爲「漢語」。基於二者在重音型態上的類似性，本書把它們合併起來討論。

　　外來語的重音原則上和固有名詞一樣，分爲平板型和 −3 型（重音核位於倒數第三個音節，如果音節數在三音節以下，自然就成爲頭高型）。平板型多見於早期輸入時的外來語。「漢語系統外來語」大約有半數屬於平板型。「歐美系統外來語」屬於平板型的則不多，有保持原有重音的傾向。

［練習］

I　歐美系統外來語的重音

1）　−3 型

　　＜ a ＞二音節詞　　　　　　バス ＜ bus 巴士 ＞

ハム ＜ ham 火腿 ＞	パン＜ 葡 pão 麵包 ＞
ドア ＜ door 門 ＞	ママ ＜ ma(m)ma 媽媽 ＞
パパ ＜ papa 爸爸 ＞	メモ ＜ memorandum 備忘錄 ＞
ジャム ＜ jam 果醬 ＞	タイ ＜ Thailand 泰國 ＞

　　注意：二音節詞不可能有 −3 型，自然成爲頭高型。

　　＜ b ＞三音節詞　　　　　　テレビ ＜ television 電視 ＞

ラジオ ＜ radio 收音機 ＞	ゴルフ ＜ golf 高爾夫球 ＞
テニス ＜ tennis 網球 ＞	ダンス ＜ dance 跳舞 ＞
コース ＜ course 課程 ＞	ホテル ＜ hotel 旅館 ＞
ケース ＜ case 箱，案件 ＞	スーツ ＜ suit 成套西裝 ＞
ナイフ ＜ knife 小刀 ＞	バター ＜ butter 奶油 ＞

　　　　ケーキ＜ cake 蛋糕＞　　　マッチ＜ match 火柴，比賽，相稱＞
　　　　クラス＜ class 階級，班級＞　リボン ＜ ribbon 緞帶＞

＜ c ＞四音節詞　　　　　　ストーブ ＜ stove 暖爐＞
　　　　スポーツ ＜ sports 運動＞　　スカート＜ skirt 裙子＞
　　　　スケッチ＜ sketch 寫生，速描＞
　　　　デパート＜ department store 百貨公司＞
　　　　デザイン＜ design 設計，圖案＞
　　　　グループ＜ group 團體＞
　　　　レコード ＜ record 記錄，唱片＞

＜ d ＞五音節以上　　　　ストライキ ＜ strike 罷工＞
　　　　メロドラマ＜ melodrama 情節劇＞
　　　　ピアニスト ＜ pianist 鋼琴家＞
　　　　テレビジョン＜ television 電視＞
　　　　アイスクリーム＜ ice-cream 冰淇淋＞
　　　　インドネシア＜ Indonesia 印尼＞
　　　　ダイヤモンド ＜ diamond 鑽石＞
　　　　ナンバリング＜ numbering 號碼機＞
　　　　ツベルクリン＜ Tuberkulin 結核菌素＞
　　　　ガソリンスタンド ＜ gasoline-stand 加油站＞
　　　　サンフランシスコ＜ San Francisco 舊金山＞

注意：如果倒數第三個音節是複元音、長音、撥音、促音或元音清
　　　化的音節，重音核就必須向前移動一個音節。
　　例：カーテン ＜ curtain 窗簾＞
　　　　ライター＜ writer 作家＞　　トースト ＜ toast 土司＞
　　　　パーティー＜ party 宴會＞　サイクル ＜ cycle 周期，循環＞
　　　　バイヤー＜ buyer 買方＞　　タイトル ＜ title 標題，字幕＞
　　　　タンカー＜ tanker 油輪＞　コンパス ＜ compass 圓規，羅盤＞

キャンパス＜ canvas 帆布；畫布＞

ボクサー＜ boxer 拳擊家＞

ミキサー＜ mixer （水泥）攪拌機，果汁機＞

サッカー ＜ socker 足球＞

テレックス＜ Telex 電報＞

ワシントン＜ Washington 華盛頓＞

サラリーマン＜ salary-man 薪水階級＞

2)　平板型

　　早期進入日本的外來語有很多屬於平板型。日常生活中頻用的外來語也有平板化的傾向。

　　例：ガラス＜ glass 玻璃＞

コップ＜荷 kop 玻璃杯＞　　　ピアノ＜ piano 鋼琴＞

ベルト＜ belt 皮帶＞　　　　ボーイ＜ boy 男服務生＞

ペンキ＜荷 pek 油漆＞　　　タイヤ＜ tire 輪胎＞

アイロン＜ iron 熨斗＞　　　アルバム＜ album 相簿，紀念冊＞

アンテナ＜ antenna 天線＞　オルガン＜ organ 風琴＞

テーブル＜ table 飯桌＞　　ガソリン＜ gasoline 汽油＞

スタンド ＜ stand 看台，枱燈＞

カタログ＜ catalogue 商品目錄＞

ワイシャツ＜ white shirts 襯衫＞

カステラ＜葡 castella 蛋糕＞ビフテキ＜法 bifteck 鐵扒牛肉＞

オムレツ＜ omelet 菜肉蛋捲＞

カツレツ＜ cutlet 炸豬排＞

アメリカ＜ America 美國＞　アラスカ＜ Alaska 阿拉斯加＞

イギリス＜ England 英國＞　イタリヤ＜ Italia 義大利＞

オランダ＜葡 Olanda 荷蘭＞　フランス＜ France 法國＞

ブラジル＜ Brazil 巴西＞　　　ベトナム＜ Vietnam 越南＞

ポルトガル＜ Portugal 葡萄牙＞

ルーマニア＜ Romania 羅馬尼亞＞

カンボジア ＜ Cambodia 柬埔寨＞

ボールペン＜ ball pen 原子筆＞

バイオリン＜ violin 小提琴＞

ハーモニカ＜ harmonica 口琴＞

マンドリン＜ mandolin 曼陀林琴＞

アルコール＜荷 alcohol 酒精＞

ペニシリン＜ penicillin 盤尼西林＞

ジフテリア ＜ diphtheria 白喉＞

3)　維持原有重音的外來語

比較新的外來語以及外國話比較流利的人所用的外來語常有維持原有重音的傾向。

グレー＜ gray 灰色＞　　　タブー＜ taboo 禁忌＞

フリー＜ free 自由＞　　　ドライ ＜ dry 乾，冷酷＞

トライ ＜ try 嘗試＞

レストラン＜法 restaurant 西餐廳＞

アクセント＜ accent 重音＞

アクセサリー＜ accessary 裝飾品，附屬品＞

アンケート＜法 enquete 問卷調查＞

モニター＜ monitor 控制器，監聽員＞

ガイダンス＜ guidance 新生訓練＞

トイレット＜ toilet 洗手間＞

サイクリング＜ cycling 自行車旅行＞

4)　最近的傾向

（舊重音型）		（新重音型）
レコード	→	レコード < record 記錄，唱片 >
アルバム	→	アルバム < album 相簿，紀念册 >
ハイキング	→	ハイキング < hiking 徒步旅行 >
ユニフォーム	→	ユニフォーム < uniform 制服 >
チューリップ	→	チューリップ < tulip 鬱金香 >

II　漢語系統外來語的重音

　　「漢語系統外來語」本來是外來語，但現在日本人在意識上很少把它當做外來語。由兩個漢字緊密結合而成的漢語，約有一半屬於平板型，其餘的則可以適用「外來語的重音基本上爲 −3 型」的原則。

1)　−3 型　経理　げいり < 會計 >

注意（ちゅうい）< 注意 >　　選手（せんしゅ）< 選手 >　　天気（てんき）< 天氣 >

空気（くうき）< 空氣 >　　原子（げんし）< 原子 >　　分子（ぶんし）< 分子 >

用意（ようい）< 準備 >　　勇気（ゆうき）< 勇氣 >　　植物（しょくぶつ）< 植物 >

自動車（じどうしゃ）< 汽車 >

　　注意：如果倒數第三個音節是複元音、長音、撥音、促音或元音
　　　　　清化的音節，重音核就必須向前移動一個音節。例：

毎日（まいにち）< 每天 >　　　催促（さいそく）< 催促 >
風景（ふうけい）< 風景 >　　　工業（こうぎょう）< 工業 >
人情（にんじょう）< 人情味 >　新年（しんねん）< 新年 >
熱心（ねっしん）< 熱心 >　　　決心（けっしん）< 決心 >
機械（きかい）　< 機械 >　　　季節（きせつ）　< 季節 >

2）平板型

歴史＜歷史＞　　平和＜和平＞　　旅行＜旅行＞

発見＜發現＞　　銀行＜銀行＞　　会社＜公司＞

学校＜學校＞　　法律＜法律＞　　戦争＜戰爭＞

留学＜留學＞　　親友＜好友＞

第九節　複合名詞的重音

複合名詞（包括派生詞）的重音有三種比較有規則容易記憶的類型。這三種類型的複合名詞的重音，完全看後半部的複合成分（包括接尾詞）來決定。

（第一類）

後半部的複合成分在三個音節以上時，複合後的重音核一律位於後半部複合成分的第一個音節。

　［例］

　　○ **●●** 　　てざいく（手細工）＜手工藝＞

　　○○ **●●●** 　　かぜぐすり（かぜ薬）＜感冒藥＞

① ～薬　　　飲み薬＜內服藥＞　　つけ薬＜外用藥＞

② ～印　　　目印＜記號＞　　矢印＜箭頭記號＞

③ ～細工　　小細工＜小花招＞　　竹細工＜竹工藝品＞

④ ～大学　　東京大学　　台湾大学　　医科大学

⑤ ～学校　　中学校＜初中＞　　高等学校＜高中＞

⑥〜銀行　　日本銀行　第一銀行　東海銀行

⑦〜時代　　江戸時代　奈良時代　平安時代

⑧〜会社　　株式会社＜股份有限公司＞　印刷会社

　　　　　　＜印刷公司＞保険会社＜保險公司＞

⑨〜病院　　仁愛病院＜仁愛醫院＞　救急病院

　　　　　　＜急救醫院＞付属病院＜附設醫院＞

⑩〜公園　　新公園　国立公園　上野公園　日比谷公園

⑪〜協会　　食品協会　体育協会　教育協会

⑫〜実験　　核実験＜核子試爆＞　化学実験

⑬〜売場　　おもちゃ売場＜玩具部＞　子供服売場

　　　　　　＜童裝部＞食料品売場＜食品部＞

⑭〜道具　　台所道具＜廚房用品＞　嫁入り道具＜嫁粧＞

⑮〜政府　　中央政府　日本政府　アメリカ政府

⑯〜料理　　西洋料理＜西餐＞　中国料理＜中國菜＞

⑰〜番号　　電話番号＜電話號碼＞　郵便番号＜郵遞區號＞

（第二類）

　　後半部的複合成分是下面列舉的複合成分時，複合後的重音型一律變為平板型。

　　［例］

　　　○●　　　　　がか（画家）　＜畫家＞

　　　○○●　　　　でんわ（電話）　＜電話＞

　　　○○○●　　　にほんご（日本語）＜日語＞

○●●　　　　きいろ（黃色）　＜黃色＞

○○●●　　　しんがた（新型）　＜新型＞

① 〜家　　　専門家＜專家＞　　政治家＜政治家＞

② 〜話　　　神話　童話　会話　民話＜民間故事＞

③ 〜画　　　漫画　洋画＜西洋片＞　　日本画＜日本畫＞

④ 〜化　　　電化＜電氣化＞　　簡易化＜簡化＞

⑤ 〜語　　　英語　中国語　フランス語＜法語＞

⑥ 〜課　　　人事課＜人事室＞　　税務課＜稅務科＞

⑦ 〜科　　　内科　外科　小児科　産婦人科＜婦產科＞

⑧ 〜派　　　親日派　赤軍派　知日派　中間派

⑨ 〜所　　　案内所＜詢問處＞　　洗面所＜盥洗室＞

⑩ 〜型　　　血液型＜血型＞　　ＡＢ型　小型　大型

⑪ 〜山　　　箱根山　裏山＜後山＞　　奥山＜深山＞

⑫ 〜色　　　赤色　緑色　カーキ色＜卡其色＞

⑬ 〜側　　　日本側＜日方＞　　中国側＜中方＞　　相手側
　　　　　　　＜對方＞　　日本海側　＜日本海岸方面＞

⑭ 〜組　　　日文組　Ａ組　台中組＜台中隊＞

⑮ 〜場　　　運動場　球場　飛行場＜機場＞　　野球場
　　　　　　　　　　　　　　　　　　　　　　＜棒球場＞

⑯ 〜病　　　肺病　心臓病　重病　糖尿病

⑰ 〜級　　　一級　特級　中級　初級　上級　下級

⑱〜症　健忘症　炎症　過敏症　蓄膿症

⑲〜役　重役＜董事＞　子役＜童星＞　主役＜主角＞

⑳〜済　売約済＜已售＞　計算済＜算訖＞　調査済
＜已調査＞　整理済＜已整理＞

㉑〜焼　目玉焼＜荷包蛋＞　焼餅焼＜醋罈子＞

㉒〜品　食料品＜食品＞　骨とう品＜古董＞

㉓〜状　賞状＜奬狀＞　感謝状＜謝函＞

㉔〜的　具体的＜具體＞　抽象的＜抽象＞　日本的
＜日本式的＞　近代的＜現代的＞

㉕〜線　中央線　淡水線　海岸線　信越線

㉖〜党　国民党　自民党　共産党　民社党

㉗〜鏡　顕微鏡　望遠鏡　反射鏡　潜望鏡

㉘〜性　男性　女性　中性　陽性　内向性

㉙〜制　強制　自治制＜自治制度＞　独裁制

㉚〜製　日本製　中国製　台湾製　手製＜自製＞

㉛〜隊　自衛隊　陸戦隊　探険隊　合唱隊

㉜〜体　団体　活字体＜鉛字體＞　車体　六面体

㉝〜中　準備中　交渉中　勉強中＜正在用功＞
話中＜談話中＞　食事中＜正在吃飯＞

㉞〜展　油絵展＜油畫展＞　絵画展＜畫展＞

㉟〜灯　　　外灯＜室外燈＞　　蛍光灯＜日光燈＞

㊱〜刀　　　大刀　日本刀＜武士刀＞　　指揮刀

㊲〜堂　　　三省堂　風月堂　文明堂　中山堂

㊳〜版　　　地方版　海賊版＜海盜版＞　　改訂版

㊴〜盤　　　算盤　碁盤＜棋盤＞　　円盤＜鐵餅＞

㊵〜表　　　辞表＜辭呈＞　図表　時刻表＜時間表＞

㊶〜用　　　外人用＜外國人用＞　　自家用＜自用＞

㊷〜流　　　小笠原流　古流　草月流　一流

㊸〜代　　　部屋代＜房租＞　薬代＜醫藥費＞　電気代
　　　　　　＜電費＞　書籍代＜圖書費＞

㊹〜行き　　台北行き＜開往台北＞　　アメリカ行き
　　　　　　＜飛往美國＞　上野行き＜開往上野＞

㊺〜産　　　外国産　国産　アフリカ産＜非洲產＞

㊻〜形　　　連用形　連体形　否定形　命令形

㊼〜村　　　鄰村＜隔壁村子＞　　富士村　明治村

㊽〜向き　　南向き＜朝南＞　　子供向き＜以兒童為對象的＞

㊾〜つき　　ふろばつき＜帶浴室＞　　二食つき＜附帶兩餐＞

㊿〜大　　　私大＜私立大學＞　東大　文化大＜文化大學＞

（第三類）

　　　後半部的複合成分是下面列舉的複合成分時，複合後的重音

型一律變爲起伏型，重音核在前半部的複合成分的最後一個音節。

[例]

○○○● 　　でんわき（電話機）　＜電話＞

○○○●● 　えいがかん（映画館）＜電影院＞

① ～市　　台北市　長崎市　高雄市　奈良市

② ～機　　掃除機＜吸塵器＞　　洗濯機＜洗衣機＞

　　　　　計算机　扇風機＜電扇＞

③ ～器　　洗面器＜臉盆＞　　注射器＜針筒＞

④ ～期　　倦怠期＜倦怠期＞　　成長期　幼児期

⑤ ～記　　旅行記＜遊記＞　　古事記　風土記

⑥ ～区　　東区　千代田区　大安区　北区

⑦ ～湖　　洞庭湖　芦の湖　河口湖　火口湖

　　　　　　　　例外：　琵琶湖（びわこ）

⑧ ～士　　弁護士＜律師＞　　会計士＜會計師＞

⑨ ～費　　交通費　工事費＜工程費＞　　修理費

⑩ ～婦　　看護婦＜護士＞　　家政婦＜女傭＞

⑪ ～部　　営業部　財政部　野球部＜棒球社＞

⑫ ～社　　新聞社＜報社＞　　通信社＜通訊社＞

⑬ ～者　　労働者＜工人＞　　文学者＜文學家＞

⑭ ～車　　自動車＜汽車＞　　自転車＜自行車＞

⑮ ～手　　運転手＜司機＞　　内野手＜內野手＞

⑯ ～誌　　週刊誌＜週刊雜誌＞　　機関誌＜機關雜誌＞

⑰ ～紙　　新聞紙＜報紙＞　　地方紙＜地方報＞

⑱ ～下　　支配下　監視下　戦時下＜戰爭期間＞

⑲ ～児　　健康児＜健康兒童＞　　幸運児＜幸運者＞

⑳ ～人　　イギリス人＜英國人＞　　ロシア人＜俄國人＞

　　　　　外国人　中国人　ポルトガル人＜葡萄牙人＞

　　　　　例外：日本人（にほんじん）

㉑ ～員　　会社員＜公司職員＞　　公務員　教職員

　　　　　銀行員＜銀行職員＞　　事務員＜辦事員＞

㉒ ～館　　博物館　図書館　記念館　大使館

㉓ ～県　　静岡県　三重県　桃園県　岩手県

㉔ ～駅　　東京駅＜東京站＞　　台北駅＜台北站＞

㉕ ～室　　会議室　文化室　図書室　研究室

㉖ ～局　　郵便局＜郵局＞　　電話局　公売局

㉗ ～省　　法務省＜司法行政部＞　　外務省＜外交部＞

　　　　　文部省＜教育部＞　　通産省　＜通商產業部＞

㉘ ～湾　　東京湾　伊勢湾　鹿児島湾　澎湖湾

㉙ ～城　　大阪城　名古屋城　姫路城　不夜城

㉚ ～会　　　音楽会　　教授会　　学生会＜代聯會＞

㉛ ～界　　　経済界　　金融界　　文学界　　社交界

㉜ ～店　　　百貨店＜百貨公司＞　　喫茶店＜咖啡店＞

㉝ ～院　　　大学院＜研究所＞　　科学院　　参議院

㉞ ～学　　　言語学＜語言學＞　　社会学　　物理学

㉟ ～料　　　使用料＜租金＞　　駐車料＜停車費＞

㊱ ～券　　　定期券＜月票＞　　特急券＜特快車票＞

㊲ ～街　　　開封街　　泰安街　　商店街　　繁華街

㊳ ～山　　　陽明山　　観音山　　七星山　　梨山

㊴ ～力　　　経済力　　破壊力　　決断力　　理解力

㊵ ～心　　　恐怖心　　好奇心　　信仰心　　依頼心

第十節　動詞的重音

　　動詞的重音型比名詞少，不管有幾個音節，原則上只有平板型和－2型（重音核在倒數第二個音節）兩種。

　　　　二音節動詞：○○型和○○型
　　　　三音節動詞：○○○型和○○○型
　　　　四音節動詞：○○○○型和○○○○型

　　由此可知動詞的重音型式單純，容易記憶。比較麻煩的是動詞本身有語尾變化，常和助詞成助動詞結合，有時會產生重音型改變或重音核移動的現象，略為複雜，不過仍有一定的規則，在學習上不會造

成太大的困難。初學者宜熟記這些規則，據以類推。

以下就是我們要舉的基本例字：
　　　　（起伏式＝－２型）　　　　（平板式）
　　　　　　　　［五段動詞］
　　　か'く（書く）　　　　　のる（乘る）
　　　およ'ぐ（泳ぐ）　　　わらう（笑う）
　　　よろこ'ぶ（喜ぶ）　　はたらく（働く）
　　　　　　　　［一段動詞］
　　　み'る（見る）　　　　　きる（着る）
　　　たべ'る（食べる）　　　あける（開ける）
　　　わかれ'る（別れる）　　ならべる（並べる）
　　　　　［カ變動詞］［サ變動詞］
　　　く'る（来る）　　　　　する（する）

Ⅰ　連用形＋ま'す的重音
　　動詞和助動詞ま'す的各個活用形結合時，不管原來屬於平板式或起伏式，結合後的重音一律變成起伏式（－２型）。

　1.　Ｖま'す型
　　　　（起伏）　　　　　　　（平板）
　　　かきま'す　　　　のります
　　　およぎま'す　　わらいます
　　　よろこびま'す　はたらきます

　　　みま'す　　　　きま'す
　　　たべま'す　　　あけま'す
　　　わかれま'す　　ならべます

きます　　　　　　　します

2.　Vません型
かきません　　　　　のりません
およぎません　　　　わらいません
よろこびません　　　はたらきません

みません　　　　　　きません
たべません　　　　　あけません
わかれません　　　　ならべません

きません　　　　　　しません

3.　Vましょう型
かきましょう　　　　のりましょう
およぎましょう　　　わらいましょう
よろこびましょう　　はたらきましょう

みましょう　　　　　きましょう
たべましょう　　　　あけましょう
わかれましょう　　　ならべましょう

きましょう　　　　　しましょう

4.　Vました型
かきました　　　　　のりました
およぎました　　　　わらいました
よろこびました　　　はたらきました

みました　　　　　　きました
たべました　　　　　あけました

わかれました　　　　　　　ならべました

　　きました　　　　　　　　　しました

注意：Ｖました型本來也是 −2 型，但因倒數第二個音節發生元
　　　音清化（母音無聲化），所以重音核向前移動一個音節。

Ⅱ　其他活用形的重音

　　Ａ類　①終止形・連體形

　　　　　（起伏）　　　　　　　　（平板）
　　　　　　かく　　　　　　　　　　のる
　　　　　およぐ　　　　　　　　　わらう
　　　　　よろこぶ　　　　　　　　はたらく

　　　　　　みる　　　　　　　　　　きる
　　　　　たべる　　　　　　　　　あける
　　　　　わかれる　　　　　　　　ならべる

　　　　　　くる　　　　　　　　　　する

　　　　②命令形
　　　　　　かけ　　　　　　　　　　のれ
　　　　　およげ　　　　　　　　　わらえ
　　　　　よろこべ　　　　　　　　はたらけ

　　　　　　みろ　　　　　　　　　　きろ
　　　　　たべろ　　　　　　　　　あけろ
　　　　　わかれろ　　　　　　　　ならべろ

　　　　　　こい　　　　　　　　　　しろ

B類　　連用形

かき　　　　　　　　　　　　のり
およぎ　　　　　　　　　　わらい
よろこび　　　　　　　　はたらき

み　　　　　　　　　　　　　き
たべ　　　　　　　　　　　あけ
わかれ　　　　　　　　　ならべ

き　　　　　　　　　　　　　し

注意：上下一段動詞的連用形，如果是兩個音節以上，重音核必
須向前移動一個音節，這樣剛好維持起伏式動詞的基本重
音型———－2型。

C類　　①連用形＋「に」

かきに　　　　　　　　　　のりに
およぎに　　　　　　　　わらいに
よろこびに　　　　　　はたらきに

みに　　　　　　　　　　　きに
たべに　　　　　　　　　あけに
わかれに　　　　　　　ならべに

きに　　　　　　　　　　　しに

②連用形（音便形）＋「て」「た」

かいて　　　　　　　　　　のって
およいで　　　　　　　　わらって
よろこんで　　　　　　はたらいて

みて　　　　　　　　　　きて
たべて　　　　　　　　　あけて
わかれて　　　　　　　　ならべて

きて　　　　　　　　　　して

注意：起伏式的きて照理應爲きて，但因「き」這個音節發生元
　　　音清化，所以重音核向後移動一個音節。

③終止形＋「と」「よ」「な」（感嘆）

かくと　　　　　　　　　のると
およぐと　　　　　　　　わらうと
よろこぶと　　　　　　　はたらくと

みると　　　　　　　　　きると
たべると　　　　　　　　あけると
わかれると　　　　　　　ならべると

くると　　　　　　　　　すると

④連體形＋「くらい」「ほど」

かくくらい　　　　　　　のるくらい
およぐくらい　　　　　　わらうくらい
よろこぶくらい　　　　　はたらくくらい

みるくらい　　　　　　　きるくらい
たべるくらい　　　　　　あけるくらい
わかれるくらい　　　　　ならべるくらい

くるくらい　　　　　　　するくらい

注意：觀察Ｃ類可以發現，動詞下接這一類的助詞或助動詞時有
　　　維持原活用形的重音型的傾向。

D類　①連用形（音便形）＋「たり」「ては」「ても」「たら」

かいたり　　　　　　　　のったり
およいだり　　　　　　　わらったり
よろこんだり　　　　　　はたらいたり

みたり　　　　　　　　　きたり
たべたり　　　　　　　　あけたり
わかれたり　　　　　　　ならべたり

きたり　　　　　　　　　したり

②終止形＋「そうだ」（傳聞）「ね」「ねぇ」

かくそうだ　　　　　　　のるそうだ
およぐそうだ　　　　　　わらうそうだ
よろこぶそうだ　　　　　はたらくそうだ

みるそうだ　　　　　　　きるそうだ
たべるそうだ　　　　　　あけるそうだ
わかれるそうだ　　　　　ならべるそうだ

ぐるそうだ　　　　　　　するそうだ

③連體形＋「ようだ」「まで」「ばかり」「みたいだ」

かくようだ　　　　　　　のるようだ
およぐようだ　　　　　　わらうようだ
よろこぶようだ　　　　　はたらくようだ

みるようだ　　　　　　　きるようだ
たべるようだ　　　　　　あけるようだ
わかれるようだ　　　　　ならべるようだ

　　　　　く'るようだ　　　　　　するよ'うだ

注意：D類的特徵是：起伏式動詞保持原有活用形的重音型；平
　　　板式動詞則變爲起伏式，而且重音核在下接助詞或助動詞
　　　的第一個音節。

E類　　終止形＋「だろう」「でしょう」

　　　　　か'くだろう　　　　　　のるだろ'う
　　　　　およ'ぐだろう　　　　　わらうだろ'う
　　　　　よろこぶだろう　　　　　はたらくだろ'う

　　　　　み'るだろう　　　　　　きるだろ'う
　　　　　たべ'るだろう　　　　　あけるだろ'う
　　　　　わかれるだろう　　　　　ならべるだろ'う

　　　　　く'るだろう　　　　　　するだろ'う

注意：這一類的特徵和D類一樣，起伏式動詞保持原有活用形的
　　　重音型，平板式動詞則變爲起伏型。唯一不同的地方是後
　　　者的重音核在下接助動詞的第二個音節。

F類　　①連用形＋「は」「こそ」「さぇ」「など」「も」

　　　　　か'きは　　　　　　　　のり'は
　　　　　およ'ぎは　　　　　　　わらいは
　　　　　よろこびは　　　　　　はたらきは

　　　　　み'は　　　　　　　　　き'は
　　　　　たべ'は　　　　　　　　あけは
　　　　　わかれは　　　　　　　ならべは

　　　　　き'は　　　　　　　　　し'は

②終止形・連體形＋「から」「けれども」「し」「なり」
　「ので」「が」「のに」「やら」「など」「なら」

かくから　　　　　　　　のるから
およぐから　　　　　　　わらうから
よろこぶから　　　　　　はたらくから

みるから　　　　　　　　きるから
たべるから　　　　　　　あけるから
わかれるから　　　　　　ならべるから

くるから　　　　　　　　するから

③終止形＋「か」「ぞ」「さ」「わ」「の」「かしら」
　「な」（禁止）

かくか　　　　　　　　　のるか
およぐか　　　　　　　　わらうか
よろこぶか　　　　　　　はたらくか

みるか　　　　　　　　　きるか
たべるか　　　　　　　　あけるか
わかれるか　　　　　　　ならべるか

くるか　　　　　　　　　するか

④假定形＋「ば」

かけば　　　　　　　　　のれば
およげば　　　　　　　　わらえば
よろこべば　　　　　　　はたらけば

みれば　　　　　　　　　きれば
たべれば　　　　　　　　あければ

わかれれば　　　　　　　ならべれば

くれば　　　　　　　　　すれば

注意：F類的特徵是起伏式動詞本身一律維持原有的重音型———
　　　-2 型，助詞低接；平板式動詞則一律變為起伏式，而且
　　　重音核在動詞本身最後一個音節，助詞低接。

G類　　未然形＋「ない」「ぬ」
　　　　かがない　　　　　　のらない
　　　　およがない　　　　　わらわない
　　　　よろこばない　　　　はたらかない

　　　　みない　　　　　　　きない
　　　　たべない　　　　　　あけない
　　　　わかれない　　　　　ならべない

　　　　こない　　　　　　　しない

注意：G類的特徵是：起伏式動詞的重音核移至動詞本身的最後
　　　一個音節，助動詞低接；平板式動詞則維持原有的重音型
　　　，助動詞高接。

H類　　①連用形＋「たい」「そうだ」（樣態）「ながら」
　　　　かきたい　　　　　　のりたい
　　　　およぎたい　　　　　わらいたい
　　　　よろこびたい　　　　はたらきたい

　　　　みたい　　　　　　　きたい
　　　　たべたい　　　　　　あけたい
　　　　わかれたい　　　　　ならべたい

　　　　きたい　　　　　　　したい

②未然形＋「せる」「れる」「させる」「られる」

かかせる　　　　　　　　のらせる
およがせる　　　　　　　わらわせる
よろこばせる　　　　　　はたらかせる

みさせる　　　　　　　　きさせる
たべさせる　　　　　　　あけさせる
わかれさせる　　　　　　ならべさせる

こさせる　　　　　　　　させる

注意：H類的特徵是：起伏式動詞的重音核移至倒數第二個音節，也就是變成－2型；平板式動詞則維持原有的重音型，助動詞和助詞高接。

I類　①連體形＋「ぐらい」「べき」

かくぐらい　　　　　　　のるぐらい
およぐぐらい　　　　　　わらうぐらい
よろこぶぐらい　　　　　はたらくぐらい

みるぐらい　　　　　　　きるぐらい
たべるぐらい　　　　　　あけるぐらい
わかれるぐらい　　　　　ならべるぐらい

くるぐらい　　　　　　　するぐらい

②終止形＋「まい」（五段動詞）

未然形＋「まい」（五段以外動詞）

かくまい　　　　　　　　のるまい
およぐまい　　　　　　　わらうまい
よろこぶまい　　　　　　はたらくまい

みまい　　　　　　　　きまい

たべまい　　　　　　　あけまい

わかれまい　　　　　　ならべまい

こまい　　　　　　　　しまい

注意：Ｉ類的特徵是不管動詞原來屬於平板式或起伏式，結合後
　　　一律變爲起伏式，而且重音核在下接助詞或助動詞的第一
　　　個音節。

Ｊ類　①連用形＋「なさい」

かきなさい　　　　　　のりなさい

およぎなさい　　　　　わらいなさい

よろこびなさい　　　　はたらきなさい

みなさい　　　　　　　きなさい

たべなさい　　　　　　あけなさい

わかれなさい　　　　　ならべなさい

きなさい　　　　　　　しなさい

②終止形＋「らしい」

かくらしい　　　　　　のるらしい

たべるらしい　　　　　わらうらしい

よろこぶらしい　　　　はたらくらしい

みるらしい　　　　　　きるらしい

たべるらしい　　　　　あけるらしい

わかれるらしい　　　　ならべるらしい

くるらしい　　　　　　するらしい

注意：Ｊ類的特徵是不管動詞原來屬於平板式或起伏式，結合後

的重音型一律變爲起伏式，而且重音核在下接語詞的第二
個音節。

K 類　　未然形＋「う」「よう」

かこう　　　　　　　　　　のろう
およごう　　　　　　　　　わらおう
よろこぼう　　　　　　　　はたらこう

みよう　　　　　　　　　　きよう
たべよう　　　　　　　　　あけよう
わかれよう　　　　　　　　ならべよう

こよう　　　　　　　　　　しよう

注意：K類的特徵是不管動詞原來屬於平板式或起伏式，結合後
　　　的重音型一律變爲 −2 起伏式。

L 類　　連體形＋「だけ」

かくだけ　　　　　　　　　のるだけ
およぐだけ　　　　　　　　わらうだけ
よろこぶだけ　　　　　　　はたらくだけ

みるだけ　　　　　　　　　きるだけ
たべるだけ　　　　　　　　あけるだけ
わかれるだけ　　　　　　　ならべるだけ

くるだけ　　　　　　　　　するだけ

注意：L類的特徵是不管動詞原來屬於平板式或起伏式，結合後
　　　的重音型一律變爲平板式。

Ⅲ 常用基本動詞

㈠起伏式

1. 二音節（頭高型）

a. 五段動詞

合う 有る 打つ 折る 飼う 勝つ 切る

組む 漕ぐ 差す 住む 立つ 取る 成る

脱ぐ 飲む 吐く 降る 干す 掘る 持つ

読む。

例外：好く、付く、着く、吹く等動詞，因爲第一個音
節發生元音清化，所以重音核移至第二個音節，
成爲尾高型。

b. 一段動詞

射る 鋳る 得る 出る 経る

2. 三音節（－2 中高型）

a. 五段動詞

焦る 余る 歩く 急ぐ 痛む 祈る 祝う

動く 移す 起こす 怒る 落とす 思う

降ろす 掛かる 乾く 困る 叫ぶ 騒ぐ

絞る 示す 過ごす 滑る 迫る 育つ 叩く

誓う 作る 照らす 直す 似合う 盗む

残る 計る 話す 光る 太る 交じる 守る

戻す　休む　破る　許す　分かる

例外：返す、帰る、返る、通す、通る、はいる、参る

、申す等動詞因爲第二個音節爲複合元音或長元
音的後半部，所以重音核向前移動一個音節，成
爲頭高型。

b.　一段動詞

生きる　起きる　落ちる　降りる　過ぎる

出来る　伸びる　受ける　折れる　掛ける

切れる　裂ける　覚める　占める　耐える

立てる　付ける　解ける　取れる　述べる

晴れる　殖える　吠える　褒める　見せる

分ける

3.　四音節（－2中高型）

a.　五段動詞

預かる　集まる　誤る　現わす　動かす

補う　収まる　驚く　くっつく　苦しむ

断わる　親しむ　助かる　励ます　早まる

引っ張る　横切る

b.　一段動詞

預ける　集める　納める　覚える　数える

答える　毀れる　定める　調べる　育てる

助ける　勤める　強める　届ける　眺める

流れる　離れる　任せる　乱れる　求める

破れる

(二)平板式

1. 二音節

a. 五段動詞

行く　要る　生む　売る　置く　買う　聞く

消す　咲く　死ぬ　知る　吸う　焚く　抱く

散る　積む　飛ぶ　泣く　抜く　穿く　張る

引く　踏む　減る　巻く　焼く　言う　割る

b. 一段動詞

居る　着る　煮る　似る

2. 三音節

a. 五段動詞

上がる　遊ぶ　歌う　送る　踊る　終わる

通う　変わる　決まる　殺す　叱る　進む

坐る　使う　止まる　並ぶ　眠る　運ぶ　拾う

曲がる　回る　見舞う　貰う　渡す　渡る

b.　一段動詞

借りる　詫びる　明ける　上げる　当てる

入れる　売れる　変える　消える　暮れる

越える　捨てる　足りる　告げる　連れる

止める　抜ける　乗せる　触れる　負ける

燃える　焼ける　止める　痩せる　搖れる

3.　四音節

a.　五段動詞

扱う　いただく　伺う　失う　疑う　行なう

重なる　固まる　縮まる　摑まる　なくなる

始まる　働く　塞がる　催す　養う

b.　一段動詞

用いる　与える　甘える　浮かべる　生まれる

後れる　教える　重ねる　固める　聞こえる

比べる　加える　知らせる　進める　続ける

伝える　始める　広げる　忘れる

第十一節　形容詞的重音

形容詞的重音型種類和動詞一樣單純，二音節只有頭高型一種，

三音節以上只有平板型和 −2 中高型兩種。

　　　　二音節形容詞：○̄○型

　　　　三音節形容詞：○○̄○型和○○○̄型

　　　　四音節形容詞：○○○̄○型和○○○○̄型

　　　形容詞也有語尾變化，常和助詞或助動詞結合，重音型也會改變，但都有一定的規則，只要記住若干例字就可以類推。

　　　下面是我們要舉的基本例字：

　　　　（起伏式 = −2 型）　　　　　（平板式）

　　　　よ
　　　　良い＜好＞

　　　　しろ　　　　　　　　　　　あか
　　　　白い＜白＞　　　　　　　赤い＜紅＞

　　　　みじか　　　　　　　　　　あぶ
　　　　短い＜短＞　　　　　　　危ない ＜危險＞

　　　　うれ　　　　　　　　　　　かな
　　　　嬉しい＜高興＞　　　　　悲しい ＜悲傷＞

Ⅰ　各個活用形的重音

　A類　　終止形・連體形

　　　　　（起伏式）　　　　　　（平板式）

　　　　　よ̄い

　　　　しろ̄い　　　　　　　　　あか̄い

　　　　みじか̄い　　　　　　　　あぶない̄

　　　　うれし̄い　　　　　　　　かなし̄い

　B類　　連用形

　　　　　よ̄く

　　　　じ̄ろく　　　　　　　　　あか̄く

　　　　み̄じかく　　　　　　　　あぶ̄なく

　　　　　うれしく　　　　　　　　　かなしく

　注意：起伏式形容詞的連用形必須把重音核向前移動一個音節，
　　　　變成 −2 型。よく因爲只有兩個音節，重音核無法再向前
　　　　移動，所以仍維持 −2 型。

C 類　①終止形＋「と」「よ」「な」（感嘆）
　　　　　よいと
　　　　しろいと　　　　　　　　あかいと
　　　みじかいと　　　　　　　あぶないと
　　　うれしいと　　　　　　　かなしいと

　　　　②連體形＋「くらい」「ほど」
　　　　　よいくらい
　　　　しろいくらい　　　　　　あかいくらい
　　　みじかいくらい　　　　　あぶないくらい
　　　うれしいくらい　　　　　かなしいくらい

　注意：如係起伏式形容詞，維持原有重音型，助詞低接。如係平
　　　　板式形容詞，維持原有重音型，助詞高接。

D 類　①終止形＋「そうだ」（傳聞）「ねぇ」「なあ」「とか」
　　　　「さぇ」
　　　　　よいそうだ
　　　　しろいそうだ　　　　　　あかいそうだ
　　　みじかいそうだ　　　　　あぶないそうだ
　　　うれしいそうだ　　　　　かなしいそうだ

　　　　②連體形＋「ようだ」「まで」「ばかり」「みたいだ」
　　　　　よいようだ
　　　　しろいようだ　　　　　　あかいようだ

みじかいようだ　　　　あぶないようだ
うれしいようだ　　　　かなしいようだ

注意：起伏式形容詞維持原有的重音型，助動詞和助詞低接；平
　　　板式形容詞則變為起伏型，而且重音核在下接助詞或助動
　　　詞的第一音節。

E類　終止形＋「だろう」「でしょう」
　　　　　　よいだろう
　　　　しろいだろう　　　　あかいだろう
　　　みじかいだろう　　　　あぶないだろう
　　　うれしいだろう　　　　かなしいだろう

注意：起伏式形容詞維持原有的重音型，助動詞低接；平板式形
　　　容詞則變為起伏型，而且重音核在下接助動詞的第二個音
　　　節。

F類　①連用形＋「て」「は」「さえ」「ても」「ては」「など」
　　　「こそ」「も」
　　　　　　よくて
　　　　しろくて　　　　　　あかくて
　　　みじかくて　　　　　　あぶなくて
　　　うれしくて　　　　　　かなしくて

　　②連用形（音便形）＋「た」
　　　　　　よかった
　　　　しろかった　　　　　あかかった
　　　みじかかった　　　　　あぶなかった
　　　うれしかった　　　　　かなしかった

　　③假定形＋「ば」

よ｜ければ

し｜ろ｜ければ　　　　　　あ｜か｜ければ

み｜じ｜かければ　　　　　　あ｜ぶ｜な｜ければ

う｜れ｜し｜けれだ　　　　　　か｜な｜しければ

注意：這一類的特徵是：起伏式形容詞採取和連用形同樣的重音型，助詞、助動詞低接；平板式形容詞則變爲起伏式，而且重音核的位置視形容詞原有的音節數來決定，如爲三音節形容詞，重音核就在前面第二個音節，如爲四音節形容詞重音核就在前面第三個音節。「か｜な｜しくて」「か｜な｜しかった」「か｜な｜しければ」的重音核位於第二音節，乃是第三個音節「し」發生元音清化使重音核向前移動的結果。

G類　①終止形＋「です」

よ｜いです

し｜ろ｜いです　　　　　　あ｜か｜いです

み｜じ｜か｜いです　　　　　　あ｜ぶ｜な｜いです

う｜れ｜し｜いです　　　　　　か｜な｜し｜いです

②終止形・連體形＋「から」「けれども」「し」「ので」「が」「のに」「やら」「など」「なら」

よ｜いから

し｜ろ｜いから　　　　　　あ｜か｜いから

み｜じ｜か｜いから　　　　　　あ｜ぶ｜な｜いから

う｜れ｜し｜いから　　　　　　か｜な｜し｜いから

③終止形＋「か」「ぞ」「さ」「わ」「の」「かしら」

よ｜いか

し｜ろ｜いか　　　　　　あ｜か｜いか

み｜じ｜か｜いか　　　　　　あ｜ぶ｜な｜いか

うれしいか　　　　　　　　かなしいか

注意：這一類的特徵是：不管原來屬於平板式或起伏式，結合後
　　　的重音型完全相同，重音核的位置視形容詞的音節數而定
　　　，如係二音節，重音核就在第一個音節，如係三音節，重
　　　音核就在第二個音節，如係四音節，重音核就在第三個音
　　　節，依此類推。

H類　　形容詞語幹＋「そうだ」（樣態）

よさそうだ

しろそうだ　　　　　　　　あかそうだ

みじかそうだ　　　　　あぶなそうだ

うれしそうだ　　　　　かなしそうだ

注意：起伏式的形容詞結合後的重音核一律位於後接助動詞的第
　　　一個音節，平板式的形容詞結合後的重音型仍維持平板式。

I類　　①終止形＋「らしい」

よいらしい

しろいらしい　　　　　　あかいらしい

みじかいらしい　　　　あぶないらしい

うれしいらしい　　　　かなしいらしい

　　　②未然形＋「う」

よかろう

しろかろう　　　　　　　あかかろう

みじかかろう　　　　　あぶなかろう

うれしかろう　　　　　かなしかろう

注意：不管原來是起伏式或平板式，結合後一律變成 −2 起伏式。

Ⅱ　常用基本形容詞

㈠起伏式（約佔 90 ％）

1.　二音節（頭高型）

良_よい　濃_こい　酸_すい　無_ない

2.　三音節（－2 中高型）

青_{あお}い　暑_{あつ}い　痛_{いた}い　うまい　偉_{えら}い　痒_{かゆ}い　辛_{から}い

臭_{くさ}い　黒_{くろ}い　恐_{こわ}い　寒_{さむ}い　白_{しろ}い　すごい　狭_{せま}い

高_{たか}い　近_{ちか}い　強_{つよ}い　長_{なが}い　苦_{にが}い　早_{はや}い　低_{ひく}い

広_{ひろ}い　深_{ふか}い　太_{ふと}い　古_{ふる}い　細_{ほそ}い　まずい　安_{やす}い

惜_おしい　欲_ほしい

3.　四音節（－2 中高型）

うるさい　大_{おお}きい　かわいい　きたない　細_{こま}かい

四_し角_{かく}い　しつこい　小_{ちい}さい　でっかい　名_な高_{だか}い

根_ね強_{づよ}い　短_{みじか}い　醜_{みにく}い　すっぱい

嬉_{うれ}しい　厳_{きび}しい　苦_{くる}しい　詳_{くわ}しい　恋_{こい}しい

寂_{さび}しい　親_{した}しい　涼_{すず}しい　正_{ただ}しい　楽_{たの}しい

激_{はげ}しい　空_{むな}しい

4.　五音節（－2 中高型）

暖_{あたた}かい　有_{あり}難_{がた}い　おっかない　かん高_{だか}い　快_{こころよ}い

しつっこい　湿_{しめ}っぽい　じれったい　だらしない

情ない　生臭い　古臭い　柔らかい

新しい　勇ましい　忙しい　美しい　恐ろしい

大人しい　愚かしい　好ましい　すばらしい

頼もしい　懐かしい　悩ましい　望ましい

恥ずかしい　ふさわしい　珍しい　やかましい

注意：「おおきい」「ちいさい」「すっぱい」等第二音節爲長
　　　音或促音的形容詞，在重音核的位置上有若干例外的現象
　　　，必須注意。

(二)平板式（爲數甚少）

　1.　三音節

赤い　浅い　厚い　甘い　粗い　薄い　遅い　つらい

重い　堅い　軽い　きつい　暗い　遠い　眠い

丸い　けむい

　2.　四音節

明るい　危ない　いけない　重たい　黄色い

冷たい　眠たい　平たい　分厚い　怪しい

おいしい　優しい　いやしい　悲しい

第十二節　重音結合的法則

日語重音的基本單位是詞（単語），因此我們說日語的重音是語

詞內部音節間相對的高低關係。字典中所列舉的重音原則上都是詞的重音。可是在實際的會話中，重音的最小單位則是「文節」（一個自立語＋n個附屬語。n＞0）。因為在實際的會話中，「附屬語」（助詞・助動詞）必須和它上面的「自立語」結合在一起，形成一個整體的發音單位，不能分開。關於詞的重音乃至於文節的重音，前面已經有詳細的說明和豐富的練習。

　　在此必須提醒各位的就是：實際的會話通常以句子為單位，而句子裏頭的文節和文節之間的關係疏密不一，關係較密的文節在發音上常會有結合的現象，重音也不例外。如果在實際的會話中忽略這種重音結合的現象，一個文節一個文節分開來發音的話，會令日本人覺得高低起伏太多，不夠自然流暢。這是中國人學日語常犯的毛病之一。因此我們必須注意重音結合時產生的變化。

　　兩個文節結合時，重音會產生什麼變化？下面是兩條基本的規則。

㈠高接型：前面的文節是平板式時，後面的文節的第一個音節必須由低變高。

㈡低接型：前面的文節是起伏式時，後面的文節中的高音節必須由高變低。

　　由上可知，如果前面的文節是平板式，結合後的重音型由後面的文節來決定；如果前面的文節是**起伏式**，結合後的重音型則由前面的文節來決定。

45 ［練習］

㈠ 高接型

1）さくらが＋さいた ⇒ さくらがさいた
（桜が咲いた）＜櫻花開了＞

2）ひが＋しずむ ⇒ ひがしずむ
（日が沈む）＜日落＞

3）かなしい＋うた ⇒ かなしいうた
（悲しい歌）＜悲傷的歌曲＞

4）おいしい＋ケーキ ⇒ おいしいケーキ
（おいしいケーキ）＜好吃的蛋糕＞

5）おはよう＋ございます ⇒ おはようございます
（おはようございます）＜早＞

㈡ 低接型

1）のんで＋みる ⇒ のんでみる
（飲んでみる）＜喝看看＞

2）しらべて＋ください ⇒ しらべてください
（調べてください）＜請查一查＞

3）しつれい＋いたします ⇒ しつれいいたします
（失礼致します）＜我失陪了＞

4）どうぞ＋よろしく ⇒ どうぞよろしく
（どうぞよろしく）＜請多多指教＞

5）かいて＋みたい ⇒ かいてみたい
（書いてみたい）＜想寫寫看＞

第六章　日語的強調

（プロミネンス）

　　說話時對句中的某一部分特別加重發音的現象就叫「強調」
（emphasis）。強調可以分爲「對比強調」（prominence・プロミネン
ス）和「強度強調」（intensity）兩種。

　　對比強調是爲了指示句中重點所在，要談話對方對該部分特加注
意而做的強調，受到強調的部分除了發音較強之外，音域也加寬，其
他部分相對地發音較弱。

　　強調和重音有密切的關係，對重音會發生如下的影響：

㈠受到強調的部分，重音的音域（高低之間的距離）加寬。

　　平板式　　さくら（普通）　　さくら（強調）

　　起伏式　　あなた（普通）　　あなた（強調）

㈡未受強調的部分

　⑴如在強調部分之前時，發音較輕，但維持原有的重音型。

　　　例如：　はなが　さいた　　＜花開了＞

　　　「さいた」受到強調，「はなが」維持原有的重音型，但音
　　　域稍微變窄。

　⑵如在強調部分之後時，發音顯著減弱，原有的重音型消失，
　　　全部發成低音。

　　　例如：はなが　さいた　　＜花開了＞

　　強度強調純粹表示強烈的感情，並無對比的作用。受到強調的部
分，原則上都是能夠區分程度的語詞，會產生特殊的聲調或音節拉長
，重音型完全改變的現象。

　　例如：

だま'って［damatte］　→だまあ'って［dama:'tte］
（普通）　　　　　　　　（強調）

た'かく　　［ta'kakɯ］　→たかあ'く　［taka:'kɯ］
（普通）　　　　　　　　（強調）

外國人說日語常常會令人覺得單調平板，毫無表情，很不自然，甚至於令人覺得口氣好像很不客氣，原因之一就是不會適當運用強調。強調是表情達意上不可缺少的技術，希望各位多加注意練習。

㊻ ［練習］

(1) a.これは｜わたしの　です。 ＜這是我的。＞
　　b.これは｜わたしの｜です。 ＜這是我的。＞

(2) a.きょうは｜コーヒーに　します。 ＜今天要咖啡。＞
　　b.きょうは｜コーヒーに｜します。 ＜今天要咖啡。＞

(3) a.わたしは｜きょうは　いきません。 ＜我今天不去。＞
　　b.わたしは｜きょうは｜いきません。 ＜我今天不去。＞
　　c.わたしは　きょうは｜いきません。 ＜我今天不去。＞

(4) a.たいほくの｜しりんに｜すんでいます。
　　　＜我住在台北的士林。＞
　　b.たいほくの｜しりんに　すんでいます。
　　　＜我住在台北的士林。＞

(5)　こわい　　コワーイ　　おはなし　＜很嚇人的故事＞
　　（恐い）　　　　　　　（お話）

　　ながい　　ナガーイ　　ナガーイ　トンネル
　　（長い）　　　　　　　　　　　　　＜很長很長的隧洞＞

あつい　　　アツーイ　アツーイ　インド
（暑い）　　　　　　　　　＜很熱很熱的印度＞

さむい　　　サムーイ　サムーイ　ふゆ
（寒い）　　　　　　　　　　　（冬）
　　　　　　　　　　　＜很冷很冷的冬天＞

たなかさん　　タナカサーン
（田中）　　　　　＜田中先生！＞

はじめくん　　ハジメクーン
（肇君）　　　　　　＜阿肇！＞

むかし　　　　ムカーシ　ムカーシ
（昔）　　　　　　＜從前從前＞

第七章　日語的句調

（イントネーション）

　　日常的說話都是有仰揚頓挫高低變化的。形成這種仰揚頓挫高低變化的因素很多，其中最主要的就是前面已經提到的重音（高低或強弱）、強調，以及下面要說明的句調（intonation・イントネーション）。

　　句調是直接表示說話者主觀情意的聲調高低變化，屬於固定的社會習慣之一，因語言而異。但和重音比較起來，句調在各個語言之間的差異比較小，例如表示疑問的句調一般均爲升調；表示肯定的句調一般均爲降調。

　　句調和強調的性質相近，都以句子爲單位，而且都表示說話者的主觀情意，但二者之間也有不同，主要在於下面幾點：

　　㈠句調普通出現於「呼吸群」（breath group・呼気段落）和「呼吸群」之間（氣息暫時停頓之處），也就是句子打逗點或句點的地方；強調則出現於句中受到強調的語詞上。

　　㈡句調以嗓音的高低變化爲主，強調則可以兼有嗓音的高低強弱。

　　㈢句調可以表達各種不同的主觀情意，例如斷定、疑問、驚訝、撒嬌、感嘆、誇張等等；強調的功能主要在於強調句中的重要部分。

　　句調和表情有密切的關係。表示疑問的升調，通常說話者的頭也隨著聲調的上升而抬高，眼皮也張開；表示斷定的降調，通常說話者的頭也隨著聲調的下降而往下垂。這是很有趣的事實。

　　日語的重音是高低重音，而句調也是靠嗓音的高低變化來表現，爲了避免重音的型式受到破壞，句調也就受到限制。日語的句調以句末的句調爲主，句中和句首的句調較少，下面分別舉例說明。

（句首的句調）：和重音有密切的關係，沒有特殊的句調記號。

　　例：　かわいそうに！（眞可憐！）

　　⑴　かわいそうに！（句調和原來的重音型一致。表示很普通、
　　　　　　　　　　　　平淡的語氣。）

　　⑵　かわいそうに！（遲升調。將原有重音型由低升高的部分延
　　　　　　　　　　　　後。表示失望、憂鬱、困惑的語氣。）

　　⑶　かわいそうに！（快升調。將原有重音型由低升高的部分提
　　　　　　　　　　　　前。表示驚訝、緊張、慌亂的語氣。）

（句中和句末的句調）：分爲　　降調（ ↘ ）、升調（ ↗ ）、降升調
　　（ ∨ ）、升降調（ ∧ ）、平坦調（ → ）五種。原則上加於句末最
　　後一個音節之上。

　　⑴降調：普通出現於敍述句句尾，表示肯定。
　　　　　　あした　いく↘（明天去。）

　　⑵升調：普通出現於疑問句句尾，表示疑問。
　　　　　　句尾最後音節如爲低音節就由低升高，如爲高音節就由高
　　　　　　再稍往上升。
　　　　　　とうきょうへ　いく↗？（要去東京？）
　　　　　　かれ↗？（他？）

　　⑶降升調：表示重覆別人所說的話　　さる∨？（猴子啊？）
　　　　　　　表示讚嘆　　ほう∨（嗅！）
　　　　　　　表示撒嬌　　あのね∨（我跟你說嘛！）
　　　　　　　表示懷疑　　そう∨（眞的嗎？）

　　⑷升降調：表示理所當然　　ええ∧（對啊）
　　　　　　　表示十分贊成對方所說　　そう∧（是啊）

　　⑸平坦調：表示猶疑，或話講一半就停頓，通常稍微拉長。出現
　　　　　　　於句中。
　　　　　　　それも　そうですが→　（你說的也是，不過……）

　　句調是構成一個語言的節律（rhythm）的主要成分，學日語如未能學得正確的句調，不論各個語詞的發音如何正確、重音如何標準，還是會令人有外國腔調的感覺。不僅如此，同樣一個句子常會因句調不同而表示出說話者態度的不同。例如「こちらへいらっしゃい」（到這邊來），如果用升調，語氣就很柔和，如果用降調，就成為強迫性的命令。有疑問詞的疑問句，例如「何を食べた？」（吃了什麼？）如果用升調就表示普通的發問，如果用降調就表示責問。由此可見句調的重要性，希望各位讀者多加練習，以掌握日語正確的語調。

比較：句調雖然在各語言間的差異比較小，但日語和國語的句調有許多地方不同則是不可否認的事實。例如：日語「これ？」（這個啊？）是升調，而國語却是降調。據著者研究的結果，國語出現降調的機會比升調多，而日語則是出現升調的機會比降調多。

47 ［練習］

いく↗	（行く）＜去嗎？＞	いく↘	＜去。＞
いる↗	（要る）＜要嗎？＞	いる↘	＜要。＞
やる↗	＜給嗎？＞	やる↘	＜給。＞
かう↗	（買う）＜買嗎？＞	かう↘	＜買。＞
かぜ↗	＜感冒？＞	かぜ↘	＜感冒。＞
くる↗	（来る）＜來嗎？＞	くる↘	＜來。＞
ある↗	（有る）＜有嗎？＞	ある↘	＜有。＞
みる↗	（見る）＜看嗎？＞	みる↘	＜看。＞
のむ↗	（飲む）＜喝嗎？＞	のむ↘	＜喝。＞
いつ↗	＜什麼時候？＞	きょう↘	＜今天。＞
あめ↗	（雨）＜下雨嗎？＞	あめ↘	＜下雨。＞

やめる↗（止める）＜取消嗎？＞　　やめる↘＜下雨。＞
おくる↗（送る）＜送嗎？＞　　おくる↘＜送。＞
あらう↗（洗う）＜洗嗎？＞　　あらう↘＜洗。＞
あした↗（明日）＜明天嗎？＞　　あした↘＜明天。＞

きれい↗（綺麗）＜漂亮嗎？＞　　きれい↘＜漂亮。＞
げんき↗（元気）＜好嗎？＞　　げんき↘＜好。＞
しずか↗（静か）＜靜嗎？＞　　しずか↘＜靜。＞

きのう↗　　　　＜昨天嗎？＞　　きのう↘＜昨天。＞
しけん↗（試験）＜考試嗎？＞　　しけん↘＜考試。＞
たべる↗（食べる）＜吃嗎？＞　　たべる↘＜吃。＞
あるく↗（歩く）＜走嗎？＞　　あるく↘＜走。＞
わかれる↗（別れる）＜分手嗎？＞　　わかれる↘＜分手。＞
わすれた↗（忘れた）＜忘了嗎？＞　　わすれた↘＜忘了。＞
はたらく↗（働く）＜工作嗎？＞　　はたらく↘＜工作。＞
そうですか↗　　　＜是嗎？（反問）＞
そうですか↘　　　＜是這樣啊。（原來如此）＞

かえりますか。↗（帰りますか。）＜要回去嗎？＞
いきますか。↗（行きますか。）＜要去嗎？＞
のみますか。↗（飲みますか。）＜要喝嗎？＞
ねますか。↗（寝ますか。）＜要睡覺嗎？＞
きのうは　なにを　しましたか。↗（きのうは何をしましたか。）
　　　　　　　　　　　　　＜昨天做什麼了？＞

いま　なんじですか。↗（今何時ですか。）＜現在幾點鐘？＞
これは　なんですか。↗（これは何ですか。）＜這是什麼？＞
これは　とけいですか。↗（これは時計ですか。）＜這是錶嗎？＞

あそこに　おんなのひとが　いますね。♪

（あそこに女の人がいますね。）<那裏有一個女人不是嗎？>

どこに　いますか。♪　　<在哪兒呢？>

あそこに　ぎんこうが　ありますね。↘

（あそこに銀行がありますね。）<那裏有銀行哪！>

注意：日語的句子如果有句尾助詞「か」「ね」之類，而且句調
　　　爲升調時，上升的部分通常只是句尾助詞（也就是句子的
　　　最後一個音節）。這是日語句調的特徵。有的外國人碰到
　　　這種句子，常常把整個句子採取階梯式升高的句調來發音
　　　，結果高低之間的音域太寬，聽起來會令人覺得裝腔作勢
　　　，腔調很不自然，應該避免。

　　例：何時ですか♪　　　　行きますか♪
　　　　（階梯式升高句調）　（標準日語句調）

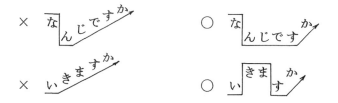

[綜合練習]
重音、強調、句調 三者之間的關係

　　　　要學會日語標準正確而且漂亮的發音，首先必須掌握每個
單字正確的重音。這是最起碼的條件。但是如果只是每個字重
音很準，然後原封不動把它搬到句子裏頭來發音的話，會令人

覺得高低起伏太大，生硬而不流暢。這是什麼緣故？

　　單字的重音進入句子裏頭會發生結合的現象，我們在第五章第十一節「重音結合的法則」中已經提到。也就是說，整個句子的發音必須注意到重音結合時產生的變化，應該高接的就高接，應該低接的就低接，使重音的單位由一個單字一個文節擴大爲幾個單字幾個文節。如果不這樣的話，發音就會顯得生硬不流暢。

　　不過光是這樣還不夠，我們還必須注意到強調和句調。強調是爲了讓對方瞭解我們談話的重點所在，句調則是表達我們的感情，都是形成整個句子的韻律節奏不可缺少的要素。如果重音、強調、句調三者都能正確掌握，整個句子的發音就會顯得生動。

48　1) (a)　ゆうべは　かじが　あったそうですね ↘

　　　　　(夕べは火事があったそうですね)＜聽說昨天晚上有火災啊。＞

　　(b)　ええ　いえが　さんげんも　やけてしまいました ↘

　　　　　(ええ、家が三軒も焼けてしまいました)＜是啊，有三間房子給燒了。＞

　2) (a)　リンさんが　こられなくて　ざんねんですね ↘

　　　　　(林さんが来られなくて残念ですね)＜林先生不能來眞遺憾！＞

　　(b)　はい　きゅうに　ようが　できたと　いっていました ↘

　　　　　(はい、急に用ができたといっていました)＜是啊，說是臨時有事。＞

　3) (a)　このてがみは　じぶんで　かいたんですか ↗

　　　　　(この手紙は自分で書いたんですか)＜這封信是自己寫的嗎？＞

　　(b)　いいえ　こまつさんに　みてもらったんです ↘

　　　　　(いいえ、小松さんに見てもらったんです)＜不，請小松先生看過。＞

4) (a) きょう　だれか　きましたか ↗

（今日だれか来ましたか）＜今天有人來了嗎？＞

(b) はい　チョウさんが　きました ↘

（はい，張さんが来ました）＜有，張先生來了。＞

5) (a) これ　おねがいします ↘

（これ，お願いします）＜這個，勞駕了。＞

(b) このほんは　かしだしは　できません ↘
ここで　よんでください ↘

（この本は貸し出しはできません。ここで読んでください）

　　　　　　　　　＜這本書不能外借。請在這兒看。＞

6) (a) なんじに　きたら　いいですか ↗

（何時に来たらいいですか）＜幾點來好？＞

(b) あしたの　じゅうじに　きてください ↘

（あしたの十時に来てください）＜請明天十點來。＞

7) どこか　ドライブに　いきたいですね ↘

（どこかドライブに行きたいですね）＜很想去外面開車兜風。＞

8) いい　とけいですね。どこで　かったのですか ↗

（いい時計ですね。どこで買ったのですか）

　　　　　　　　　＜很不錯的錶嘛！在哪兒買的？＞

9) たいほくに　いつ　かえってきたんですか ↗

（台北にいつ帰ってきたんですか）＜什麼時候回到台北來的？＞

10) ほんとうに　ひとりで　だいじょうぶですか ↗

（本当に一人で大丈夫ですか）＜眞的一個人沒關係嗎？＞

附　　錄

1. 數詞・助數詞（すうし・じょずうし）＜數詞・量詞＞

　　數詞以及「數詞＋助數詞」的重音，和它本身的發音一樣，相當複雜，以下特將常用的數詞和助數詞的重音列舉出來，供學習上的參考。爲便於記憶起見，同一類型者儘可能排列在一起，希望各位能隨時查閱熟記。

　　数（かず）＜數目＞
　　いくつ
　　　＜幾個＞
（一）いち　に　さん　し（よん）　ご　ろく
　　　　一　　二　　三　　　四　　　　五　　六
　　　しち（なな）　はち　く（きゅう）
　　　　七　　　　　　八　　　九
（十）じゅう　じゅういち　じゅうに　じゅうさん
　　　　十　　　　十一　　　　十二　　　　十三
　　　じゅうし（じゅうよん）　じゅうご　じゅうろく
　　　　　十四　　　　　　　　　十五　　　　十六
　　　じゅうしち（じゅうなな）　じゅうはち
　　　　　十七　　　　　　　　　　十八
　　　じゅうく（じゅうきゅう）
　　　　　十九

　　　にじゅう　さんじゅう　しじゅう（よんじゅう）
　　　　二十　　　　三十　　　　　四十
　　　ごじゅう　ろくじゅう　しちじゅう（ななじゅう）
　　　　五十　　　　六十　　　　　　七十
　　　はちじゅう　きゅうじゅう
　　　　八十　　　　　九十

（百）ひゃく　　　ひゃくいち　　　ひゃくに　　ひゃくさん
　　　　百＜一百＞　　　　百一＜一百零一＞　　百二　　　　百三

　　　ひゃくし（ひゃくよん）　ひゃくご　ひゃくろく
　　　　　　　百四　　　　　　　　百五　　　　百六

　　　ひゃくしち（ひゃくなな）　ひゃくはち　ひゃくきゅう
　　　　　　　百七　　　　　　　　　百八　　　　百九

　　　ひゃくじゅう
　　　　　百十

　　　にひゃく　さんびゃく　よんひゃく　ごひゃく
　　　　二百　　　三百　　　　四百　　　　五百

　　　ろっぴゃく　ななひゃく　はっぴゃく　きゅうひゃく
　　　　六百　　　　七百　　　　八百　　　　九百

（千）せん　　　にせん　さんぜん　よんせん　ごせん
　　　千＜一千＞　二千　　三千　　　四千　　　五千

　　　ろくせん　ななせん　はっせん　きゅうせん
　　　六千　　　七千　　　八千　　　九千

（万）いちまん　にまん　さんまん　よんまん　ごまん
　　　一万　　　二万　　三万　　　四万　　　五万

　　　ろくまん　ななまん　はちまん　きゅうまん　じゅうまん
　　　六万　　　七万　　　八万　　　九万　　　十万

（億）いちおく　におく　さんおく　よんおく　ごおく
　　　一億　　　二億　　三億　　　四億　　　五億

　　　ろくおく　ななおく　はちおく　きゅうおく　じゅうおく
　　　六億　　　七億　　　八億　　　九億　　　十億

（兆）いっちょう　にちょう　さんちょう　よんちょう
　　　一兆　　　　二兆　　　三兆　　　　四兆

ごちょう　ろくちょう　ななちょう　はっちょう
　　五兆　　　六兆　　　　七兆　　　　八兆

きゅうちょう　じっちょう
　　九兆　　　　十兆

なんじゅう　なんびゃく　なんぜん　なんまん
　　何十　　　　何百　　　　何千　　　何万

なんおく　なんちょう
　　何億　　　何兆

注意：數詞相互結合如果音節數較多時，在比較緩慢清晰的會話中
　　　常有分爲兩個重音單位來發音的傾向。但在比較快速流利的
　　　會話中，仍結合爲一個重音單位來發音。
例：

さんじゅうろく（さんじゅう・ろく）
　　三十六

さんびゃくはち（さんびゃく・はち）
　　三百八＜三百零八＞

せんごひゃく（せん・ごひゃく）
　　千五百＜一千五百＞

円（えん）　＜日圓＞

なんえん（いくら）
　　何円　＜多少錢？＞

いちえん　にえん　さんえん　よえん　ごえん
　一円　　　二円　　　三円　　　四円　　　五円

ろくえん　ななえん　はちえん　きゅうえん　じゅうえん
　六円　　　七円　　　八円　　　九円　　　十円

じゅういちえん　じゅうにえん　　じゅうさんえん
十一円　　　　　　十二円　　　　　　十三円

じゅうよえん　じゅうごえん　じゅうろくえん
十四円　　　　　十五円　　　　　　十六円

じゅうななえん　じゅうはちえん　じゅうきゅうえん
十七円　　　　　　十八円　　　　　　十九円

にじゅうえん　　さんじゅうえん　　よんじゅうえん
二十円　　　　　　三十円　　　　　　四十円

ごじゅうえん　　ろくじゅうえん　　ななじゅうえん
五十円　　　　　　六十円　　　　　　七十円

はちじゅうえん　　きゅうじゅうえん
八十円　　　　　　　九十円

ひゃくえん　　ひゃくいちえん　　にひゃくえん
百円〈一百塊銭〉百一円　　　　　二百円

さんびゃくえん　　よんひゃくえん　　ごひゃくえん
三百円　　　　　　四百円　　　　　　五百円

ろっぴゃくえん　　ななひゃくえん　　はっぴゃくえん
六百円　　　　　　七百円　　　　　　八百円

きゅうひゃくえん　　せんえん ……　さんぜんえん ……
九百円　　　　　　　千円　　　　　　三千円

いちまんえん　　にまんえん　……　ひゃくまんえん
一万円　　　　　二万円　　　　　　百万円

いっせんまんえん
一千万円

いちおくえん　　におくえん　……　ひゃくおくえん
二億円　　　　　二億円　　　　　　百億円

年（ねん）　＜〜年＞

なんねん

何年＜幾年＞

いちねん　にねん　さんねん　よねん　ごねん
一年　　　二年　　　三年　　　四年　　　五年

ろくねん　ななねん（しちねん）　はちねん
六年　　　七年　　　　　　　　　八年

くねん（きゅうねん）　じゅうねん　じゅういちねん
九年　　　　　　　　　　　　十年　　　　　十一年

じゅうにねん　じゅうさんねん　じゅうよねん
十二年　　　　十三年　　　　　十四年

じゅうごねん　じゅうろくねん
十五年　　　　十六年

じゅうななねん（じゅうしちねん）　じゅうはちねん
十七年　　　　　　　　　　　　　　十八年

じゅうくねん（じゅうきゅうねん）　にじゅうねん
十九年　　　　　　　　　　　　　　二十年

さんじゅうねん　ひゃくねん
三十年　　　　　百年

せんきゅうひゃくはちじゅうにねん　にせんねん
1982年　　　　　　　　　　　　　　2000年

*番（ばん）＜〜號＞，段（だん）＜〜段，〜格＞均屬此型。

ひとつ　＜個數＞

いくつ

〈幾個〉

ひとつ　ふたつ　みっつ　よっつ　いつつ
一つ　　　二つ　　　三つ　　　四つ　　　五つ

むっつ　ななつ　やっつ　ここのつ　とお

六つ　　七つ　　八つ　　九つ　　　十

人（にん）　＜～人＞

なんにん（いくにん）

何人　　　　　幾人＜多少人＞

ひとり　ふたり　さんにん　よにん　ごにん

一人　　二人　　三人　　四人　　五人

ろくにん　しちにん（ななにん）　はちにん

六人　　七人　　　　　　　　　八人

くにん（きゅうにん）　じゅうにん

九人　　　　　　　　十人

じゅういちにん　じゅうににん　じゅうさんにん

十一人　　　　十二人　　　　十三人

日（にち）　＜～號（日期），～天（日數）＞

なんにち

何日＜幾號，幾天＞

ついたち　ふつか　みっか　よっか　いつか

一日　　二日　　三日　　四日　　五日

むいか　なのか　ようか　ここのか　とおか

六日　　七日　　八日　　九日　　　十日

じゅういちにち　じゅうににち　じゅうさんにち

十一日　　　　十二日　　　　十三日

じゅうよっか　じゅうごにち　じゅうろくにち

十四日　　　　十五日　　　　十六日

じゅうしちにち　　じゅうはちにち　　じゅうくにち
十七日　　　　　十八日　　　　　十九日

はつか　にじゅういちにち　にじゅうににち
二十日　　　　二十一日　　　　二十二日

にじゅうさんにち　　にじゅうよっか　　にじゅうごにち
二十三日　　　　　二十四日　　　　　二十五日

にじゅうろくにち　　にじゅうしちにち
二十六日　　　　　二十七日

にじゅうはちにち　　にじゅうくにち　　さんじゅうにち
二十八日　　　　　二十九日　　　　三十日

さんじゅういちにち
三十一日

月（がつ）　＜〜月＞

なんがつ
何月＜幾月＞

いちがつ　にがつ　さんがつ　しがつ　ごがつ
一月　　二月　　三月　　四月　　五月

ろくがつ　しちがつ　はちがつ　くがつ　じゅうがつ
六月　　七月　　八月　　九月　　十月

じゅういちがつ　じゅうにがつ　（しょうがつ）
十一月　　　　十二月　　　　正月

時（じ）　＜〜點（鐘）＞

なんじ
何時＜幾點鐘＞

いちじ　にじ　さんじ　よじ　ごじ　ろくじ

一時　　二時　　三時　　四時　　五時　　六時

しちじ（ななじ）　はちじ　くじ　じゅうじ

七時　　　　　　　八時　　九時　十時

じゅういちじ　じゅうにじ

十一時　　　　十二時

*度（ど）＜～度＞亦屬此型。

時間（じかん）　＜～小時＞

なんじかん

　　何時間＜幾個小時＞

いちじかん　　にじかん　　さんじかん　　よじかん

一時間　　　二時間　　　三時間　　　四時間

ごじかん　　ろくじかん　　しちじかん（ななじかん）

五時間　　　六時間　　　七時間

はちじかん　くじかん　　じゅうじかん　じゅういちじかん

八時間　　　九時間　　　十時間　　　　十一時間

じゅうにじかん　....　　にじゅう・よじかん

十二時間　　　　　　　　二十四時間

分（ぷん）　＜～分＞

なんぷん

　　何分＜幾分＞

いっぷん　にふん　さんぷん　よんぷん

一分　　　二分　　三分　　四分

ごふん　ろっぷん　ななふん（しちふん）

五分　　六分　　　七分

はちふん（はっぷん）　きゅうふん　じっぷん

八分　　　　　　　　　九分　　　　十分

じゅういっぷん　　じゅうにふん　　じゅうさんぷん
　　十一分　　　　　　十二分　　　　　　十三分

じゅうよんぷん　　じゅうごふん　　じゅうろっぷん
　　十四分　　　　　　十五分　　　　　　十六分

じゅうななふん　　じゅうはっぷん　　じゅうきゅうふん
　　十七分　　　　　　十八分　　　　　　十九分

にじっぷん　　にじゅういっぷん　　にじゅうにふん
　　二十分　　　　　二十一分　　　　　　二十二分

にじゅうさんぷん　　にじゅうよんぷん　　にじゅうごふん
　　二十三分　　　　　　二十四分　　　　　　二十五分

にじゅうろっぷん　　にじゅうななふん
　　二十六分　　　　　　二十七分

にじゅうはっぷん　　にじゅうきゅうふん　　さんじっぷん
　　二十八分　　　　　　二十九分　　　　　三十分

秒（びょう）　〈～秒〉

なんびょう
　　　何秒＜幾秒＞

いちびょう　にびょう　さんびょう　よんびょう
　　一秒　　　　二秒　　　　三秒　　　　四秒

ごびょう　ろくびょう　ななびょう（しちびょう）
　　五秒　　　　六秒　　　　七秒

はちびょう　きゅうびょう　じゅうびょう
　　八秒　　　　九秒　　　　十秒

じゅういちびょう　にじゅうびょう　さんじゅうびょう
　　十一秒　　　　　　二十秒　　　　　　三十秒

よんじゅうびょう　ごじゅうびょう　ろくじゅうびょう
　　四十秒　　　　　　五十秒　　　　　　六十秒

才 (さい) ＜～歳＞

なんさい

何才＝何歳＜幾歳＞

いっさい　にさい　さんさい　よんさい　ごさい

一才　　　二才　　　三才　　　四才　　　五才

ろくさい　しちさい（ななさい）

六才　　　七才

はちさい（ はっさい ）　きゅうさい　じっさい

八才　　　　　　　　　　　九才　　　十才

はたち

二十才

匹 (ひ き) ＜～隻 (鳥、獸、魚、蟲) ＞

なんびき

何匹〈幾隻〉

いっぴき　にひき　さんびき　よんひき　ごひき

一匹　　　二匹　　　三匹　　　四匹　　　五匹

ろっぴき　しちひき（ななひき）　はっぴき

六匹　　　七匹　　　　　　　　　八匹

きゅうひき　じっぴき

九匹　　　十匹

着 (ちゃく) ＜～套 (衣服) ＞

なんちゃく

何着＜幾件＞

いっちゃく　にちゃく　さんちゃく　よんちゃく

一着　　　二着　　　三着　　　四着

ごちゃく　ろくちゃく　ななちゃく　はっちゃく

　　五着　　　　六着　　　　七着　　　　八着

きゅうちゃく　じっちゃく

　　九着　　　　十着

度（ど）　＜～次，～度＞

なんど

　　何度＜幾次＞

いちど　にど　さんど　よんど　ごど

　　一度　　二度　　三度　　四度　　五度

ろくど　ななど　はちど　きゅうど　じゅうど

　　六度　　七度　　八度　　九度　　　十度

か月（かげつ）　＜幾個月＞

なんかげつ

　　何か月＜幾個月＞

いっかげつ　にかげつ　さんかげつ　よんかげつ

　　一か月　　　二か月　　　三か月　　　四か月

ごかげつ　ろっかげつ　ななかげつ（しちかげつ）

　　五か月　　　六か月　　　七か月

はちかげつ（はっかげつ）　きゅうかげつ　じっかげつ

　　八か月　　　　　　　　　九か月　　　　十か月

*か所（かしょ）＜～處＞，か年（かねん）＜～年＞均屬此型。

センチ　＜公分＞

なんセンチ

　　何センチ＜幾公分＞

いっセンチ　にセンチ　さんセンチ　よんセンチ

　　一センチ　　二センチ　　三センチ　　四センチ

ご|センチ　ろ|くセンチ　な|なセンチ　はっセンチ

五公分　　　六公分　　　七公分　　　八公分

きゅ|うセンチ　じっセンチ

九公分　　　十公分

回（か|い）＜〜次＞

な|んかい

何回＜幾次＞

いっかい　にか|い　さんか|い　よ|んかい　ごか|い

一回　　　二回　　　三回　　　四回　　　五回

ろっかい　なな|かい　はっか|い（はちか|い）

六回　　　七回　　　八回

きゅ|うかい　じっかい

九回　　　十回

回目（かいめ）　＜第〜次＞

な|んかいめ

何回目＜第幾次＞

いっかいめ　にかいめ　さんかいめ　よんかいめ

一回目　　　二回目　　　三回目　　　四回目

ごかいめ　ろっかいめ　ななかいめ　はちかいめ

五回目　　　六回目　　　七回目　　　八回目

きゅうかいめ　じっかいめ

九回目　　　十回目

＊に|じゅうさんかいめ（に|じゅう・さんかいめ）

二十三回目

＊〜度目（〜どめ）＜第〜次＞，〜代目（〜だいめ）＜第〜代＞，

〜日目（〜にちめ）＜第〜天＞，〜番目（〜ばんめ）＜第〜號＞
，〜時間目（〜じかんめ）＜第〜個小時＞均屬此型（尾高型）。

週（しゅう）　＜〜星期＞

　　なんしゅう

　　　　何週＜幾個星期＞

　　いっしゅう　　にしゅう　　さんしゅう　　よんしゅう

　　　　一週　　　　　二週　　　　　三週　　　　　　四週

　　ごしゅう　　ろくしゅう　　ななしゅう

　　　　五週　　　　　六週　　　　　七週

　　はっしゅう（はちしゅう）　　きゅうしゅう　　じっしゅう

　　　　八週　　　　　　　　　　　　　九週　　　　　十週

人前（にんまえ）　＜〜人份＞

　　なんにんまえ

　　　　何人前＜幾人份＞

　　いちにんまえ　　ににんまえ　　さんにんまえ

　　　　一人前　　　　　二人前　　　　　三人前

　　よにんまえ　　ごにんまえ　　ろくにんまえ

　　　　四人前　　　　　五人前　　　　　六人前

　　しちにんまえ　　はちにんまえ

　　　　七人前　　　　　八人前

　　きゅうにんまえ（くにんまえ）　　じゅうにんまえ

　　　　九人前　　　　　　　　　　　　　　十人前

階（かい）　＜～樓＞

なんがい

何階＜幾樓＞

いっかい　にかい　さんがい　よんかい

一階　　二階　　三階　　四階

ごかい　ろっかい　しちかい（ななかい）

五階　　六階　　七階

はちかい　きゅうかい　じっかい

八階　　九階　　十階

倍（ばい）　＜～倍＞

なんばい

何倍＜幾倍＞

いちばい　にばい　さんばい　よんばい

一倍　　二倍　　三倍　　四倍

ごばい　ろくばい　しちばい（ななばい）

五倍　　六倍　　七倍

はちばい　きゅうばい　じゅうばい

八倍　　九倍　　十倍

級（きゅう）　＜～級＞

なんきゅう

何級＜幾級＞

いっきゅう　にきゅう　さんきゅう　よんきゅう

一級　　二級　　三級　　四級

ごきゅう　ろっきゅう　ななきゅう

五級　　六級　　七級

はちきゅう　きゅうきゅう　じっきゅう

八級　　九級　　十級

勝（しょう）　＜〜勝＞

なんしょう

何勝＜幾勝＞

いっしょう　　にしょう　　さんしょう　　よんしょう

一勝　　　　　二勝　　　　三勝　　　　四勝

ごしょう　　ろくしょう　　しちしょう（ななしょう）

五勝　　　　六勝　　　　七勝

はっしょう　　きゅうしょう　　じっしょう

八勝　　　　　九勝　　　　　十勝

敗（はい）　＜〜敗＞

なんぱい

何敗＜幾敗＞

いっぱい　　にはい　　さんぱい　　よんぱい

一敗　　　　二敗　　　三敗　　　四敗

ごはい　　ろくはい（ろっぱい）　　しちはい（ななはい）

五敗　　　　六敗　　　　　　　　　七敗

はちはい（はっぱい）　　きゅうはい　　じっぱい

八敗　　　　　　　　　九敗　　　　十敗

本（ぼん）　＜〜根，〜枝，〜棵＞

なんぼん

何本＜幾根＞

いっぽん　　にほん　　さんぼん　　よんほん

一本　　　　二本　　　三本　　　四本

ごほん　　ろっぽん　　ななほん（しちほん）

五本　　　六本　　　　七本

はちほん（ぱっぽん）　きゅうほん　じっぽん

　　八本　　　　　　　　九本　　　十本

杯（ぱい）　＜〜杯，〜碗＞

なんばい

　　何杯＜幾杯＞

いっぱい　にはい　さんばい　よんはい

　　一杯　　　二杯　　　三杯　　　四杯

ごはい　ろっぱい　ななはい（しちはい）

　　五杯　　六杯　　　七杯

はちはい　きゅうはい　じっぱい

　　八杯　　　九杯　　　十杯

軒（げん）　＜〜棟＞

なんげん

　　何軒＜幾棟＞

いっけん　にけん　さんげん　よんけん

　　一軒　　　二軒　　　三軒　　　四軒

ごけん　ろっけん　ななけん（しちけん）

　　五軒　　六軒　　　七軒

はちけん　きゅうけん　じっけん

　　八軒　　　九軒　　　十軒

冊（さつ）　＜〜本＞

なんさつ

　　何冊＜幾本＞

いっさつ　にさつ　さんさつ　よんさつ
一冊　　　二冊　　　三冊　　　四冊

ごさつ　ろくさつ　ななさつ　はっさつ（はちさつ）
五冊　　　六冊　　　　七冊　　　　八冊

きゅうさつ　じっさつ
九冊　　　　十冊

足（ぞく）　＜〜双＞

なんぞく
　何足＜幾双＞

いっそく　にそく　さんぞく　よんそく
一足　　　二足　　　三足　　　四足

ごそく　ろくそく　ななそく（しちそく）
五足　　　六足　　　七足

はっそく（はちそく）　きゅうそく　じっそく
八足　　　　　　　　　　九足　　　　十足

曲（きょく）　＜〜首（歌曲）＞

なんきょく
　何曲＜幾首＞

いっきょく　にきょく　さんきょく　よんきょく
一曲　　　二曲　　　三曲　　　四曲

ごきょく　ろっきょく　ななきょく（しちきょく）
五曲　　　六曲　　　七曲

はっきょく（はちきょく）　きゅうきょく　じっきょく
八曲　　　　　　　　　九曲　　　　十曲

羽（わ）　＜〜隻（鳥、雞、兎子）＞

なんば

何羽＜幾隻鳥＞

いちわ　にわ　さんば　よんわ　ごわ

一羽　　二羽　　三羽　　四羽　　五羽

ろくわ（ろっぱ）　ななわ　はちわ　きゅうわ

六羽　　　　　　　七羽　　八羽　　九羽

じっぱ

十羽

組（くみ）　＜〜組，〜套＞

なんくみ

何組＜幾組＞

いちくみ　にくみ　さんくみ　よんくみ　ごくみ

一組　　二組　　三組　　四組　　五組

ろっくみ　ななくみ　はちくみ　きゅうくみ　じっくみ

六組　　七組　　八組　　九組　　十組

割（わり）　＜〜成＞

なんわり

何割＜幾成＞

いちわり　にわり　さんわり　よんわり　ごわり

一割　　二割　　三割　　四割　　五割

ろくわり　ななわり（しちわり）　はちわり

六割　　七割　　　　　　　　八割

きゅうわり　じゅうわり

九割　　　十割

位（い）　＜第〜名＞

なんい

何位＜第幾名＞

いちい　にい　さんい　よんい　ごい

一位　　二位　　三位　　四位　　五位

ろくい　なない　はちい　きゅうい　じゅうい

六位　　七位　　八位　　九位　　　十位

問（もん）　＜〜題＞

なんもん

何問＜幾題＞

いちもん　にもん　さんもん　よんもん　ごもん

一問　　二問　　三問　　四問　　五問

ろくもん　しちもん（ななもん）　はちもん

六問　　七問　　　　　　　　　　八問

きゅうもん　じゅうもん

九問　　十問

箇（こ）　＜〜個＞

なんこ

何箇＜幾個＞

いっこ　にこ　さんこ　よんこ　ごこ

一箇　　二箇　　三箇　　四箇　　五箇

ろっこ　しちこ（ななこ）　はちこ（ぱっこ）

六箇　　七箇　　　　　　　　八箇

きゅうこ　じっこ

九箇　　十箇

キ^ロ　＜～公斤，～公里＞

なんキロ

　何キロ　＜幾公斤，幾公里＞

いちキロ　　にキロ　　さんキロ　　よんキロ
　一キロ　　　二キロ　　　三キロ　　　四キロ

ごキロ　　　ろっキロ　　ななキロ　　はちキロ
　五キロ　　　六キロ　　　七キロ　　　八キロ

きゅうキロ　じっキロ
　九キロ　　　十キロ

台（だい）　＜～輛＞

なんだい

　　何台＜幾輛＞

いちだい　　にだい　　さんだい　　よんだい　　ごだい
　　一台　　　二台　　　三台　　　　四台　　　五台

ろくだい　　ななだい　　はちだい　　きゅうだい
　　六台　　　七台　　　　八台　　　　九台

じゅうだい
　　十台

MP3 49　**2. あいさつ＜寒喧客套話＞**

　(1)　おはようございます。＜您早！＞
　　　（お早う）
　　　おはよう。　　　　　　＜早！＞
　　　こんにちは。　　　　　＜你好！（白天）＞
　　　こんばんは。　　　　　＜你好！（晚上）＞
　　　（今晚は）

さようなら。　　　＜再見！＞

では　また。　　　＜再見！＞

いってきます。　　＜我走了！＞
（行って）

いってまいります。＜我走了！（較鄭重）＞
（参り）

いってらっしゃい。＜您去吧！＞

ただいま。　　　　＜我回來了！＞

おかえりなさい。　＜你回來了！＞
（お帰り）

おやすみなさい。　＜再見！（晚上分手）＞
（お休み）

(2)　ありがとうございます。　　　＜謝謝您了！＞

いいえ　どういたしまして。＜不敢當！＞

おねがいします。　　　　　　＜拜托了！＞
（お願い）

はい　しょうち　いたしました。　＜好的！＞
（承知）　　（致し）

すみません。　　　　　　　＜對不起！＞

ごめんなさい。　　　　　　＜對不起！＞

しつれい　いたしました。　＜對不起！＞
（失礼）　　（致し）

どうも　もうしわけございません。＜眞抱歉！＞
（申し訳）

いいえ　わたしのほうこそ。＜哪兒的話，我才是呢！＞

(3) はじめまして。　　　＜幸會！＞
（初め）

どちらさまですか。　＜您是誰？＞
（様）

リン　コーメーと　もうします。これは　わたしの
（林）　（公明）

めいしです。どうぞ。　＜我叫林公明。這是我的名片。＞
（名刺）

どうも。ぼうえきがいしゃに　つとめて
（貿易会社）　　　　　　（勤めて）

いらっしゃるのですか。＜謝謝！您在貿易公司服務啊？＞

はい　こんごとも　どうぞ　よろしく　おねがいします。
（今後とも）　　　　　　　　　　　　（お願い）

＜是啊。以後請多指敎。＞

こちらこそ，どうぞ　よろしく。

＜我才應該請多多指敎。＞

(4) ごうかく　おめでとうございます。　＜恭喜您考上了！＞
（合格）

ごけっこん　おめでとうございます。＜恭喜您結婚！＞
（御結婚）

どうも　ありがとうございます。　　＜謝謝！＞

ほんとに　よかったですね。　　　　＜實在太好了！＞
（良かった）

はい　おかげさまで。＜嗯，都是托您的福！＞

(5) ごめんください。　＜有人在嗎？＞

どなたですか。　　＜是哪一位？＞

がくせいの　チンです。 ＜我是學生，姓陳。＞
（学生の）　（陳）

ようこそ　いらっしゃいました。さあ　どうぞ
おはいりください。　＜歡迎您來。請進。＞
（お入り）

では　おじゃまします。　＜打擾您了！＞
　　　（お邪魔）

こちらで　しばらく　おまちください。どうぞ
　　　　（暫く）　（お待ち）
ゆっくりしていってください。
　＜請在這兒等一下。請多坐一會兒！＞
はい　ありがとうございます。　＜謝謝！＞

なにもございませんが　どうぞ　おあがりください。
　＜沒什麼東西，請用！＞
はい　いただきます。　＜好的，謝謝！＞
どうぞ　ごえんりょなく　めしあがってください。
　　　　（御遠慮）　　　（召し上がって）
　　＜請用！別客氣！＞
もう　じゅうぶん　いただきました。ごちそうさまでした。
　　　（十分）　　　　　　　　　　（御馳走様）
　　＜吃很多了！＞

では　これで　しつれいいたします。＜那麼我就告辭了！＞
　　　　　　（失礼致し）
まだ　よろしいでは　ありませんか。＜還早哪。＞
いいえ　もう　おそいですから。　　＜不，已經不早啦。＞
　　　　　（遅い）

そうですか…　　＜是嗎……＞

きょうは　たいへん　ごちそうになりました。
　　　　＜今天菜太豐盛了！＞　（御馳走に）

いいえ　なんの　おかまいも　できませんで……
　　　　（何の）

　　　＜哪裏，招待不週……＞

どうも　おじゃま　いたしました。　＜打擾了！＞
　　　（お邪魔）　（致し）

また　どうぞ　おいでください。　＜請再來玩！＞
　　　　　　　（御出で）

おまたせいたしました。　＜讓您久等了！＞
　（お待たせ）

ごくろうさまでした。　　＜辛苦了！＞

　（御苦労様）

おつかれさまでした。　　＜辛苦了！＞

　（お疲れ）

たいへん　おせわになりました。＜多承您照顧！＞
　　　　　（お世話）

(6)　ひさしぶりですね。おげんきですか。
　　　（久しぶり）　　　　　（お元気）

　　＜好久不見。很好吧？＞
　　ありがとう。げんきです。あなたも
　　　　　　　　　（元気）

おかわりありませんか。
（お変わり）

　　＜謝謝。很好。您也很好吧？＞

はい　おかげさまで　とても　げんきです。
（元気）

　　＜托福很好！＞

しばらくですね。そのご　おげんきですか。
（暫く）　　　　（その後）（お元気）

　　＜好久不見了。最近可好？＞

どうですか。そのへんで　おちゃでも　のみませんか。
　　　　　　　（その辺で）　（お茶）　　（飲み）

　　＜怎麼樣，要不要到附近喝杯茶？＞

それは　げっこうですね。
（結構）

　　　　＜那很好。＞

(7)　もしもし　しづれいですが　（あなたは）
（失礼）

やまださんですか。

　　＜這一位，請問是不是山田先生？＞

はい　ぞうですが…　＜是啊……＞

いいえ　ちがいます。　＜不是。＞
（違い）

わるいけど　そこの　まどを　あけてくれない。
（悪い）　　　　　（窓）　　（開け）

　　＜抱歉，幫我打開那邊的窗子好嗎？＞

すみませんが　そこの　まどを　あけてくれませんか。
　　　　　　　　（窓）　　　（開け）

　　＜抱歉，可以不可以幫我打開那邊的窗子？＞

おそれいりますが　そこの　まどを
（恐れ入り）　　　　　　　　（窓）

あけていただきたいんですが…

<很抱歉，我想麻煩您幫我打開那邊的窗子……>

ゆうべは　よく　おやすみに　なれましたか。
（夕べ）　　　　（お休み）

<昨天晚上睡的好嗎？>

ええ　よく　やすめました。　<睡的很好。>
　　　　　（休め）

(8)　（でんわで）　＜打電話＞
　　（電話で）

もしもし　さとうさんの　おたくですか。
　　　　　（佐藤）　　　（お宅）

<喂，是佐藤先生家嗎？>

はい　そうですが　どなたさまですか。

<是啊，您是哪一位？>

たいわんだいがくの　ちょうと　もうします。
（台湾大学）　　　　　（趙）　　（申し）

せんせい　いらっしゃいますか。
（先生）

<我是台大姓趙的。老師在家嗎？>

はい　おります。ちょっと　おまちください。
　　　　　　　　　　　　　（お待ち）

<在，請等一下。>

なんばんへ　おかけですか。　＜您打幾號？＞
（何番へ）

サンゴー・イチの　ナナニィ・ヨンロクですが……
（351）　　　　　　　　（7246）

＜351-7246……＞

ちがいます。こちらは　サンキュー・ザンの
（違い）　　　　　　　　　　　（393）

ハチロク・ヨンゼロです。
（8640）

＜你打錯了。我這邊是 393-8640。＞

(9)　あなたと　わたしは　どうきゅうせい
（同級生）

＜你和我是同班同學＞

かれと　かのじょは　こいびとどうし　＜他和她是情侶＞
（彼）　　（彼女）　　　（恋人同士）

きみと　ぼくは　おさななじみ　＜你和我是青梅竹馬＞
（君）　　（僕）　　　（幼なじみ）

おとなと　こどもは　べつりょうきん
（大人）　（子供）　（別料金）

＜大人和小孩票價不同＞

おとこと　おんなは　どうけん　＜男女權利平等＞
（男）　　（女）　　（同権）

だんせいと　じょせい　　　＜男性和女性＞
（男性）　　（女性）

おっとと　つま　　　　＜丈夫和妻子＞
（夫）　　（妻）

⑽　かおには　めと　みみと　くちと　はなが　あります。
　　（顔）　　（目）　（耳）　　（口）　　（鼻）

　　　＜臉上有眼睛、耳朵、嘴巴和鼻子。＞

　　わたしの　しゅみは　えいがを　みたり　レコードを
　　　　　　　（趣味）　　（映画）　（見）

きいたり　することです。
（聞い）

　　　＜我的嗜好是看電影，聽唱片。＞

　　スポーツでは　ゴルフが　だいすきです。
　　　　　　　　　　　　　　　（大好き）

　　　＜運動當中很喜歡打高爾夫球。＞

　　わたしは　くだものは　なんでも　すきですが
　　　　　　　（果物）　　　（何でも）　（好き）

とくに　すいかに　パパイヤが　だいすきです。
（特に）　（西瓜）　　　　　　　（大好き）

　　　＜我水果不管是什麼都愛吃，不過特別愛吃西瓜和木瓜。＞

　　すきな　やさいは　トマトと　にんじんです。
　　（好き）　（野菜）　　　　　　（人参）

　　　＜愛吃的蔬菜是蕃茄和紅蘿蔔。＞

⑤⓪　３．疑問詞　（ぎもんし）　＜疑問詞＞

　　⑴　どなたですか。　　　　　　＜是誰？＞
　　　　どちらさまですか。　　　　＜是哪一位？＞
　　　　どんな　ごようですか。　＜有什麼事？＞
　　　　　　　　（御用）

どなたに　ごようですか。　＜您找誰？＞
　　　　　　（御用）

(2)　どうしたんですか。　　　　＜怎麼了？＞
どうか　なさいましたか。＜是不是有什麼不對勁？＞
いいえ・なんでもありません。　＜沒什麼。＞
ええ・ちょっと　きぶんが　わるいんです。
　　　　　　　　　（氣分）　　（悪い）

＜嗯，有點不舒服。＞

(3)　すみません。いま　なんじですか。
　　　　　　　　（今）（何時）

＜對不起。現在幾點？＞

くじはんです。　＜九點半。＞
（九時半）

なんじに　おでかけに　なりますか。＜您幾點出門？＞
（何時）　　（お出かけ）
ごぜん　じゅうじの　よていですが…
（午前）　（十時）　　（予定）

＜打算上午十點出門……＞

なんばんへ　おかけですか。　　　　＜您打幾號？＞
（何番）
サンゴー・イチの　ナナニー・ゴーレーですが。
（351-）　　　　　（7250）

＜ 351-7250 ＞

(4)　なんに　なさいますか。　　　　＜您要什麼？＞

なにを　めしあがりますか。　＜您吃什麼？＞
（何を）　（召し）

コーヒーを　いただきます。　＜我要咖啡。＞

おすまいは　どちら ですか。　＜您住哪兒？＞
（お住まい）

たいほくの　しないです。　＜住台北市。＞
（台北）　　（市内）

(5)　ニュースの　じょうけん
　　　　　　　　　（条件）

だれが　または　なにが　いつ　どこで　なにを
なぜ　どうした。

　　＜新聞的條件。誰或什麼，在什麼時候，什麼地方，爲了什麼
　　　原因，怎麼樣做，做了什麼。＞

🎧51 4. 同音異義語（ どうおんいぎご ）＜同音異義詞＞

(1)　かみに　かみと　かいた。
　　（紙）　（神）　　（書）

　　　　　　　　　　　＜在紙上寫了「神」這個字。＞

(2)　しろの　かべが　しろに　ぬられた。
　　（城）　（壁）　　（白）　（塗ら）

　　　　　　　　　　　＜城牆被塗成白色。＞

(3)　えきの　まえで　えきに　みてもらった。
　　　　　（前）　　（易）　　（見て）

　　　　　　　　　　　＜在火車站前面給算命的看相。＞

(4) うみを うみの　みずで　あらった。＜用海水洗膿水。＞
　　（膿）（海）（水）（洗った）

(5) しの　テーマに　じを　えらんだ　＜選死做詩的主題。＞
　　（詩）（死）（選ん）

(6) さけを　のむときは　ざけの　つまみが　さいこうだ。
　　（酒）（飲む）（鮭）（最高）

　　＜喝酒時用鮭魚當下酒菜味道最佳。＞

(7) ひと　ひ！　　　　　かめと　かめ
　　（日）（火）　　　　　　　　　　　　　（亀）
　　　＜太陽和火＞　　　　　　　＜缸和烏龜＞
　　はじと　ぼし　　　おんと　おん
　　（橋）（箸）　　　　　　（音）（恩）
　　　＜橋和筷子＞　　　　　　　＜語音和恩情＞
　　あめと　あめ　　　かきと　かき
　　（飴）（雨）　　　　　　（柿）
　　　＜糖果和雨＞　　　　　　　＜柿子和牡蠣＞
　　すみと　すみ　　　つゆと　つゆ
　　（墨）（隅）　　　　　（梅雨）（露）
　　　＜墨和角落＞　　　　　　　＜梅雨和露水＞
　　あじと　あじ　　　はなと　はな
　　（味）（鯵）　　　　　（鼻）（花）
　　　＜味道和竹莢魚＞　　　　　＜鼻子和花＞
　　てんと　てん　　　わしと　わし
　　（点）（天）　　　　　（鷲）（和紙）
　　　＜分數和天＞　　　　　　　＜鷲鳥和日本紙＞

あかと　あか　　　　　　　はちと　はち
（垢）　（赤）　　　　　　　（蜂）　（鉢）
　＜汚垢和紅色＞　　　　　　　＜蜜蜂和鉢＞

⑤2 5．日本の四季（にほんの　しき）　＜日本的四季＞

いい　おてんきですね。　　　　　＜天氣眞好啊！＞
　　　（お天気）
あたたかく　なりましたね。　　　＜天氣暖和了！＞
（暖かく）
きゅうに　あつく　なりましたね。＜突然熱起來了！＞
（急に）　（暑く）
すずしく　なりましたね。　　　　＜天氣變涼了！＞
（涼しく）
だんだん　さむく　なりましたね。＜天氣漸漸冷了！＞
（段々）　（寒く）

にほんでは　はるは　あたたかく　なつは　あつく
（日本）　　（春）　（暖かく）　　（夏）　（暑く）
あきは　すずしく　そして　ふゆは　とても　さむいです。
（秋）　（涼しく）　　　　（冬）　　　（寒い）
　＜日本春天暖和，夏天炎熱，秋天涼爽，冬天寒冷。＞

⑤3 6．家族（かぞく）　＜家人＞

わたしの　かぞくは　　そふと　そぼと　ちちと
　　　　　（家族）　　（祖父）（祖母）（父）

ははと　あにが　ふたりと　いもうとが　さんにんと
（母）　　（兄）　　（二人）　　（妹）　　　（三人）

そして　わたしを　いれて　ぜんぶで
　　　　　　　　（入れて）（全部で）

じゅうにんです。
（十人）

> ＜我家人口有祖父、祖母、父親、母親、兩個哥哥、三個妹
> 妹連同我在內一共十個人。＞

ごかぞくは　ぜんぶで　なんにん　いらっしゃいますか。
（・御家族）　　（全部）　　（何人）

> ＜您家裏一共有幾個人？＞

なんにんきょうだいですか。　＜幾個兄弟姊妹？＞
（何人兄弟）

ちょうなんは　にほんの　ぼうえきがいしゃに
（長男）　　　（日本）　　（貿易會社）

つとめています。　　　＜　大兒子在日本的貿易公司工作。＞
（勤めて）

したの　あねは　だいがくせいです。
（下の）　（姉）　（大学生）

> ＜最小的姊姊是大學生。＞

7.　昔話（むかしばなし）　＜故事＞

(1)　うさぎと　かめ　＜烏龜和兔子＞
むかし　むかし　ある　やまの　ふもとに
（昔）　　（昔）　　　　　（山）

うさぎと　かめが　いました。

あしの ながい うさぎは はしるのが はやい。
（足） （走る） （速い）

あしの みじかい かめは あるくのが おそい。
（足） （短い） （歩く） （遅い）

從前在某一座山的山腳下，

有一隻烏龜和一隻兔子。

兔子腿長，跑得很快。

烏龜腳短，走的很慢。

あるひ うさぎは かめに いいました。
（日） （言い）

「かめさん きみは どうして そんなに のろいのかい。」
すると かめは

「ぼくが のろいって そんなことないよ。じゃ
いまから かけくらべを しよう。」といいました。
（今から） （言い）

有一天，兔子向烏龜說：

「烏龜啊，你為什麼那麼慢吞吞的。」

烏龜說：「你說我慢吞吞的，沒這回事。

那我們現在就來賽跑吧！」

そこで うさぎと かめは ようい どんで
かけだしました。

於是兔子和烏龜就「一二三！」

開始賽跑了。

うさぎは ぴょん ぴょん ぴょんと とても
はやく はやく はしった。
（速く） （速く） （走った）

かめは のろのろと ゆっくり ゆっくり あるいた。
（歩いた）

ところが　うさぎは　とちゅうで　ひとやすみ。
　　　　　　　　　　（途中で）　　　　（一休み）

けっきょく
（結局）

かめが　はやく　ついた　はやかった。
　　　　（速く）　（着いた）（速や）

うさぎは　おそく　ついた　おそかった。
　　　　　（遅く）　（着いた）（遅か）

兔子又跑又跳的，跑得
非常非常的快。
烏龜慢吞吞的，走得很慢很慢。
可是兔子在半路上偷懶休息。
結果，
烏龜快，到的快。
兔子慢，到的慢。

(2)　桃太郎（ももたろう）　＜桃太郎＞
　　むかし　むかし　ある　ところに　おじいさんと
　　（昔）　　（昔）

　おばあさんが　すんで　いました。
　　　　　　　　（住んで）

　　おじいさんは　やまへ　しばかりに　おばあさんは
　　　　　　　　　（山へ）　（柴刈り）

　かわへ　せんたくに　いきました。
　（川へ）　（洗たく）　　（行き）

很久以前，有一個地方住了一個
老公公和一個老婆婆。

老公公到山上砍柴，老婆婆到河
邊洗衣服。

おばあさんが　かわで　せんたくを　していると
　　　　　　　　（川）　　（洗たく）

かわかみから　おおきなももが　どんぶらこ　どんぶらこと
（川上）　　　　（大きな桃）

ながれて　きました。　おばあさんは　びっくりして
（流れて）

そのももを　ひろって　うちへ　かえりました。
　　　　　　（拾って）　　　　　（帰り）

老婆婆在河邊洗衣服的時候，從
河的上方漂來了一個桃子。老婆婆嚇
了一跳，把那個桃子撈起來拿回家。

ゆうがたに　なると　おじいさんが　やまから
（夕がた）　　　　　　　　　　　　（山）

かえって　きました。　そこで　おばあさんは
（帰って）

そのももを　みせました。
　　　　　　（見せ）

すると　おじいさんは　びっくりして
「これは　これは　めずらしい　ももだ。さぞ
　　　　　　　　（珍しい）　　（桃）

おいしいだろう。きって　みよう。」　といいました。
　　　　　　　　（切って）　　　　　　　　（言い）

おじいさんが　そのももを　きろうと　しました。
　　　　　　　　（桃）　　　（切ろう）

到了傍晚，老公公從山上回來了
。老婆婆就把那個桃子拿給他看。

老公公嚇了一跳說：
「這眞是少見的桃子！一定很好吃吧
！我來切切看。」

すると　ももは　ひとりでに　われて　なかから
　　　　（桃）　　　　　　　　　（割れて）（中）
かわいい　おとこのこが　うまれました。
　　　　（男の子が）　　　（生まれ）
おじいさんも　おばあさんも　こどもが　なかったので
　　　　　　　　　　　　　　　（子供が）　（無かった）
たいそう　よろこびました。そして　ももの　なかから
　　　　　（喜び）　　　　　　　　（桃）　（中）
うまれたので　“ももたろう”と　なを　つけました。
（生まれ）　　　（桃太郎）　　　（名を）

老公公正想要把桃子切開的那個
當兒，桃子自己裂開，從裏面生下一
個可愛的男孩子。

老公公和老婆婆沒有孩子所以都
很高興。因爲小男孩是從桃子裏頭生
出來的，就取名字叫桃太郎。

おじいさんと　おばあさんは　　ももたろうを
　　　　　　　　　　　　　　　　（桃太郎）
だいじに　そだてました。
（大事に）　（育て）
ももたろうは　だんだん　おおきく　なって　ちからも
（桃太郎）　　　　　　　（大きく）　　　　（力も）

つよく なりました。
（強く）

老公公和老婆婆撫養桃太郎非常
疼愛。

桃太郎漸漸長大，變得很強壯。

そのころ うみの むこうの しまに おそろしい
　　　（頃）　（海の）　（向こう）　（島に）　（恐しい）

おにが すんで いました。
（鬼）　　（住んで）

おにたちは ときどき しまから でて きて
　（鬼）　　　（時々）　（島）　　（出て）

あばれたり ものを とって いったり して
（暴れ）　　（物）　（取って）

ひとびとを こまらせて いました。
（人々）　　（困らせ）

當時，有可怕的鬼怪住在大海那
邊的島上。

鬼怪們時常從島上來鬧事或搶走
東西，使人們傷透腦筋。

あるひ ももたろうは おじいさんと おばあさんに
　（日）　（桃太郎）

いいました。「わたくしは おにがしまに いって
（言い）　　　　　（私は）　　（鬼が島に）　　（行って）

おにを たいじして きたいと おもいます。」
（鬼を）　（退治して）　　　　（思い）

そこで おじいさんと おばあさんは おいしい
きびだんごを たくさん つくって やりました。
　（団子）　　　　　　（作って）

有一天，桃太郎向老公公和老婆婆說
：「我想去鬼怪島去征服那些鬼怪
。」

於是老公公和老婆婆就做了很多好吃
的黃米麪團給桃太郎。

ももたろうは　ひだりの　こしに　かたなを　さし
（桃太郎）　　（左の）　　（腰に）　（刀を）

みぎには　きびだんごを　つけて　いさましく
（右に）　　（団子）　　　　　　（勇ましく）

でかけました。
（出かけ）

桃太郎左邊的腰上帶着刀，右邊的腰
上綁着黃米麪團，雄糾糾氣昂昂地出
發。

ももたろうが　どんどん　あるいて　いくと
（桃太郎）　　　　　　　（歩いて）

むこうから　いぬが　きました。
（向こう）　　（犬）　（来ま）

「ももたろうさん　ももたろうさん　どちらへ
（桃太郎）　　　　（桃太郎）

おいでに　なりますか。」
（御出に）

「おにがしまへ　おにたいじに　いくんだよ。」
（鬼が島）　　　（鬼退治）　　（行くんだ）

「おこしに　つけた　ものは　なんですか。」
（お腰に）　　　　　（物）　（何）

「にっぽんいちの　きびだんご。」
（日本一の）　　　（団子）

「ひとつ　ください。おとも　します。」
（一つ）　　　　　　（お伴）
ももたろうは　いぬに　きびだんごを　わけて
（桃太郎）　　（犬）　　　（団子）　　（分けて）
やりました。
「ももたろうさん　どうも　ありがとう。」
（桃太郎）
いぬは　けらいに　なって　ついて　いきました。
（犬は）　（家来に）　　　　　　　　　（行き）

桃太郎一直往前趕路的時候，對
面來了一條狗。
「桃太郎！桃太郎！您上哪兒去？」
「我要去鬼怪島征服鬼怪。」
「您綁在腰上的東西是什麼？」
「是日本最好吃的黃米麴團。」
「給我一個吧！我跟您去。」
桃太郎就把黃米麴團分給狗。
「桃太郎，謝謝您。」
狗就當桃太郎的部下，跟著他走。

また　すこし　いくと　むこうから　さるが
（少し）　（行く）　（向こう）　　（猿）
きました。
「ももたろうさん　ももたろうさん　いぬを
（桃太郎）　　　　（桃太郎）　　　（犬）
つれて　どこへ　おいでに　なりますか。」
（連れて）　　　（御出に）
「おにがしまへ　おにたいじに。」
（鬼が島）　　　（鬼退治）

「おこしに　つけた　ものは　なんですか。」
　　（お腰に）　　　　　　（物）　　（何）

「にっぽんいちの　きびだんご。」
　　（日本一）　　　　　　（団子）

「ひとつ　ください。おとも　しましょう。」
　　（一つ）　　　　　　　（お伴）

　さるも　きびだんごを　もらって　けらいに
　（猿）　　　（団子）　　　　　　（家来）
なりました。

又走了沒多久，對面來了一隻猴子。

「桃太郎！桃太郎！您帶著狗上哪兒去？」

「去鬼怪島征服鬼怪。」

「您綁在腰上的東西是什麼？」

「是日本最好吃的黃米麭團。」

「給我一個吧！我跟您去。」

猴子也要了黃米麭團，當桃太郎的部下。

　また　すこし　いくと　こんどは　きじが
　　　　（少し）　（行く）　（今度）
とんで　きました。
（飛んで）（来ました）

　きじも　おなじように　きびだんごを　もらって
　　　　　（同じ）　　　　　　（団子）
けらいに　なりました。
（家来）

　ももたろうは　いぬと　さると　きじを　つれて
　（桃太郎）　　　（犬）　　（猿）　　　　　（連れて）

274

ふねで　おにがしまへ　わたりました。
（船）　　（鬼が島）　　　　（渡り）

又走了一段路，這次飛來了一隻野雉。
野雉同樣要了黃米麨團，當桃太郎的
部下。

桃太郎帶著狗、猴子和野雉，
坐船到鬼怪島。

おにたちは　もんを　しめて　まもって　いました。
（鬼たち）　　（門）　（閉めて）（守って）
そこで　まず　きじが　とんでいって　なかから
　　　　（先ず）　　　　（飛んで行って）（中から）
もんを　あけました。
（門を）（開け）

ももたろうは　いぬと　さると　いっしょに
（桃太郎）　　（犬）　　（猿）　　（一緒に）
せめこみました。
（攻め込み）
おにたちは　てつぼうを　ふりあげて　むかって
（鬼たち）　　（鉄棒を）　　（振り上げて）　（向って）
きました。
（来ました）
きじは　おにの　あたまや　かおを　つつきました。
　　　　（鬼の）　（頭や）　（顔を）
いぬと　さるは　かみついたり　ひっかいたり
（犬）　　（猿）　　　　　　　　　（引っかいたり）
しました。

鬼怪關著大門防守。

於是野雉就飛進去，從裏面把門打開。

桃太郎和狗以及猴子一起攻進去。

鬼怪揮著鐵棒抵抗。

野雉啄鬼怪的頭和臉。

狗和猴子又咬又抓。

ももたろうは　おにのたいしょうと　しょうぶを
（桃太郎）　　　（鬼の大将）　　　　　（勝負を）
しました。
　おにのたいしょうは　ちからいっぱい
　　（鬼の大将）　　　　（力一杯）
たたかいましたが　どうとう　まけました。
（戦い）　　　　　　　　　　（負け）

「これからは　けっして　わるい　ことは
　　　　　　　（決して）　（悪い）
いたしません。どうか　おゆるしください。」
（致し）　　　　　　（お許し）
　おにのたいしょうは　でを　ついて　あやまりました。
　　（鬼の大将）　　　　（手）

　ももたろうは　おにを　ゆるして　やりました。
　　（桃太郎）　　（鬼を）（許して）
　おには　いろいろな　たからものを　さしだしました。
　　（鬼）　　　　　（宝物）　　　（差し出し）
ぎんぎん　ぎんご　うちでのこづちなど　めずらしい
（金銀）　　　　　（打出の）　　　　　　（珍しい）
たからものでした。
（宝物）

桃太郎和鬼怪的頭子一決勝負。
鬼怪的頭子拼命奮戰，結果還是輸了。

「以後絕對不做壞事了。請饒命。」
鬼怪的頭子跪著求饒。

桃太郎饒了鬼怪。
鬼怪拿出各種財寶。
有金、銀、珊瑚、萬寶鎚等稀罕的寶物。

ももたろうは　たからものを　ふねに　つみ・
　　　　　　　（宝物）　　　　（船に）　（積み）
おにがしまを　はなれました。
（鬼が島）　　　（離れ）

ももたろうは　げんきで　いえに　かえって
（桃太郎）　　（元気で）　（家）　（帰って）
きました。
おじいさんと　おばあさんは　たいへん　よろこんで
　　　　　　　　　　　　　　　　　　　（喜んで）
ももたろうを　むかえました。
（桃太郎を）　（迎え）

桃太郎把這些財寶裝到船上，離
開鬼怪島。

桃太郎精神飽滿地回到家。
老公公和老婆婆非常高興地迎接
桃太郎。

56 **8.** 雨ニモ　マケズ ＜經得起雨打＞ 宮沢賢治（みやざわ　けんじ）

雨（あめ）ニモ　マケズ

風（かぜ）ニモ　マケズ

雪（ゆき）ニモ　　夏（なつ）ノ　暑（あつ）サニモ

　マケヌ　丈夫（じょうぶ）ナ　カラダヲ　モチ

欲（よく）ハ　ナク

決（けっ）シテ　瞋（いか）ラズ

イツモ　シヅカニ（しずかに）　ワラツテ　（わらって）

キル（いる）

經得起雨打

經得起風吹

也經得起冬雪和炎暑

身體很強壯

不貪心奢望

決不生氣

總是靜靜微笑

一日（いちにち）ニ　玄米（げんまい）　四合（よんごう）ト

味噌（みそ）ト　少（すこ）シノ　野菜（やさい）ヲ　タべ

アラユル　コトヲ

ジブンヲ　カンジヤウニ（かんじょうに）　入（い）レズニ

　ヨク　ミキキシ　ワカリ

　ソシテ　ワスレズ

每天吃四合的糙米

豆腐以及少許蔬菜

任何事情

都不把自己考慮在內

仔細去看去聽去瞭解

同時牢記在心裡

野原（の｜はら）ノ松（ま｜つ）ノ　林（はやし）ノ　蔭（か｜げ）ノ
小（ち｜い）サナ　萱（かや）ブキノ　小屋（こや）ニ
キテ（いて）

住在原野的松樹林

林蔭下的小茅屋中

東（ひ｜が｜し｜）ニ　病氣（びょうき）ノ　コドモ　アレバ
　行ツテ（いって）　看病（か｜んびょう）シテ　ヤリ
西（にし）ニ　ツ｜カレタ　母（は｜は）　アレバ
　行ツテ（いって）　ソノ稲（い｜ね）ノ　束（た｜ば）ヲ
　負ヒ（おい）
南（みなみ）ニ　死ニサウナ（しにそうな）　人（ひと）アレバ
　行ツテ（いって）　コハガラナクテモ　（こ｜わ｜が｜ら｜なくても）
　イ｜イト　イヒ（いい）
北（き｜た｜）ニ　ケンカヤ　ソシヨウガ（そしょうが）　アレバ
　ツ｜マ｜ラ｜ナイカラ　ヤ｜メ｜ロ｜ト　イヒ（いい）

東邊有小孩子病了

就前去看護

西邊誰家媽媽累了

就去幫忙背稻束

南邊有人快死了

就去跟他說不必害怕

北邊發生吵架或打官司

就勸他們息事寧人

ヒデリノ　ト｜キ｜ハ　ヲ｜ミダヲ　ナ｜ガ｜シ
ザ｜ムサノ　ナ｜ツ｜ハ　ヲ｜ロ｜オロ　アルキ
ミ｜ン｜ア｜ニ　デクノバウト（でく｜の｜ぼうと）　ヨバレ

ホメラレモ　セズ

クニモ　サレズ

サウイフ（そういう）　モアニ　ワタシハ　ナリタイ

乾旱的時候就傷心流涙
夏天有冷害就坐立不安

被大家叫做廢物
既不會受到誇獎
也不會令人頭疼

我希望當這種人

9. あどけない　はなし ＜天眞爛漫的話語 ＞

高村光太郎（ たかむら　こうたろう ）

ちえこは　とうきょうに　そらが　ないと　いう。
（智惠子）　（東京）　　　（空）　（無い）

ほんとの　そらが　みたいと　いう。
　　　　　（空）　　（見たい）

わたしは　おどろいて　そらを　みる。
（私）　　（驚いて）　　（空）　（見る）

さくらわかばの　あいだに　あるのは、
（桜若葉の）　　　（間に）　（在る）

きっても　きれない
（切っ）　　（切れ）

むかしなじみの　きれいな　そらだ。
　　　　　　　　　　　　　（空）

どんより　けむる　ちへいの　ぼかしは
　　　　　　　　（地平）

280

うすももいろの　あさの　しめりだ。
（色）　　（朝）

ちえこは　とおくを　みながら　いう。
（智惠子）　（遠く）　（見な）　　（言う）

あたたらやまの　やまのうえに
（阿多多羅山の）　（山の上に）

まいにち　でている　あおい　ぞらが
（毎日）　（出ている）　（青い）　（空）

ちえこの　ほんとの　ぞらだと　いう。
（智惠子）　（空）

あどけない　ぞらの　はなしである。
（空）　　（話で）

智惠子說：東京沒有天空，
想看眞正的天空。
我驚訝地看看天空。
在櫻樹新綠之間的正是
切也切不斷，
非常熟稔的，澄澈的天空。
陰沈迷茫的大地的朦朧，
是淡粉紅色的淸晨的濕潤。
智惠子望著遠處說：
阿多多羅山上，
每天出現的蔚藍天空
才是智惠子眞正的天空。
這是談到天空的天眞爛漫的話語。

10.　四季の歌 （しきの　うた）〈四季之歌〉

1.　はるを　あいする　ひとは　　こころ　きよきひと
　　（春を愛する人は）　　　　　　（心清き人）

　　すみれの　はなの　ような　　ぼくの　ともだち
　　（すみれの花のような）　　　　（ぼくの友だち）

2.　なつを　あいする　ひとは　　こころ　つよきひと
　　　　（夏を愛する人は）　　　（心強き人）

　　いわを　くだく　なみの　ような　ぼくの　ちちおや
　　（岩をくだく波のような）　　　　　（ぼくの父親）

3.　あきを　あいする　ひとは　　こころ　ふかきひと
　　　（秋を愛する人は）　　　　（心深き人）

　　あいを　かたる　ハイネの　ような　ぼくの　こいびと
　　（愛を語る　ハイネのような）　　　　（ぼくの恋人）

4.　ふゆを　あいする　ひとは　　こころ　ひろきひと
　　　（冬を愛する人は）　　　（心広き人）

　　ゆきを　とかす　だいちの　ような　ぼくの　ははおや
　　（雪をとかす大地のような）　　　　（ぼくの母親）

四季之歌

1.　愛春天的人心地純潔，
　　　恰似紫蘿蘭一般的我的朋友。

2.　愛夏天的人意志堅強，
　　　恰似粉碎岩石的波浪一般的我的父親。

3.　愛秋天的人一往情深，
　　　恰似談愛情的海涅一般的我的情人。

4.　愛冬天的人心胸寬廣，
　　　恰似溶化積雪的大地一般的我的母親。

11. ひらがな筆順表　＜平假名筆順表＞

あ　い　う　え　お
か　き　く　け　こ
さ　し　す　せ　そ
た　ち　つ　て　と
な　に　ぬ　ね　の
は　ひ　ふ　へ　ほ
ま　み　む　め　も
や　　ゆ　　よ
ら　り　る　れ　ろ
わ　　　　　を
ん

12.　ひらがな・カタカナの字源　＜平假名・片假名的字源＞

ア	阿	阿阝尸了丁	安 安おあ		
イ	伊	伊イ尹ヲコ	巳已こ	以 以ルい	
ウ	宇	宇于干ウうう	有 乃カ		
エ	衣	衣ネえうう仏	依 依		
オ	於	おおオヤ冬乞			
カ	加	加か	可 可ヮ丁丁うの	介 介ケ	我 我
キ	幾	幾峯筈きき手	支 支ち	岐 攱攱	木 木
ク	久	久ヌタクリ	九 九	口 口	具 具
ケ	介	介ケケ	希 希市	気 気ヒレ	計 計十
コ	己	己ココし	古 古さ	其 其共	去 去	呉 呉
サ	左	左左左たヒナ	佐 佐ヒイ	散 せサ	坐 坐
シ	之	之えし	志 志	自 自	士 士	四 四
ス	須	須須又欠ス人氘辷氘	寸 寸ナヮ	受 爪㕑
セ	世	世也をせセセ	西 西		
ソ	曽	曽そそそろリ	十 十		
タ	多	多多苑カタク	太 太大ナ	他 他イ	陏 施
チ	知	知矢ケち	千 千ケ		
ツ	州	川川州州川スラッ川	都 アア		
テ	天	天于于チ于テてこ于	弖 豆豆豆エ		
ト	止	止卜上卜と	刀 刀フ	十 十ナ	土 士
ナ	奈	奈大ナ示示干小小	那 邦乃尸尸ア		
ニ	尔	尔ケケム	仁 仁	ニニラ	
ヌ	奴	ぬヌ又メくし			
ネ	祢	祢ネ木オう示示ケ	子 子	年 季	
ノ	乃	乃のろのノ			

仮名	字源（変遷）
ハ	波 はねわ　者 ナ　八 ハルハ　半 中 中 小
ヒ	比 比ヒし　火 火　備 惰　干 千　非 非 i
フ	布 布 ゆ ナ　不 不 す 不 ス ふ フ　夫 夫
ヘ	部 ヲ ア マ マ て て て ヘ　倍 倍
ホ	保 你 呆 糸 示 宋 ヲ 口 才 ホ
マ	万 万 丁 刀 ろ ラ て て マ　末 二 ニ ホ 十　麻 麻
ミ	美 关 み　見 見 己 ヲ ア　三 ミ ミ 己 己 己　未 弥 し
ム	牟 牟 ム ム ム　无 元 元 そ えん　六 六　武 む
メ	米 シ い 十　目 目　女 女 女 乂 乂 メ め　命 今 人　免 免
モ	毛 毛 毛 モ モ モ て も
ヤ	也 也 也 や ヤ　八 八
ユ	由 由 由 由 ユ ユ エ ゆ
エ	延 廷 辻 之 し　江 汇 江 l2 2 エ　兄 兄 芝
ヨ	与 ち ち よ ら ヨ ユ ヨ ヨ ヨ
ラ	良 衣 玄 呂 ら ヨ ヲ ラ ラ ラ フ
リ	利 刊 り り リ l　里 里
ル	流 充 ル い ル レ レ　留 畄 面 雨 ロ ロ い い の
レ	礼 礼 礼 ネ　例 例 列 夛 彡
ロ	呂 呂 ろ ロ ロ い い　六 六
ワ	和 禾 わ い ロ こ の ワ ワ つ　王 五 五 己
ヰ	為 為 ゐ ゐ　井 井 牛
ヱ	恵 惠 恵 亀 ゑ 卫 卫 当 一 さ い ち
ヲ	平 ホ ホ い い い ラ 子 子　雄 雄
ン	尓 レ レ レ ン ン く

*取自「世界大百科事典」（平凡社）

13.　名詞の型一覧表〈名詞重音一覧表〉

拍数／型の種類		1拍の語	2拍の語	3拍の語	4拍の語	5拍の語	6拍の語
平板型	平板型	ヒ(ガ) 日(が)	トリ(ガ) 鳥(が)	サクラ(ガ) 桜 (が)	トモダチ(ガ) 友達 (が)	ニホンガミ(ガ) 日本髪(が)	ムラサキイロ(ガ) 紫色 (が)
起 伏 式	尾高型		ハナ(ガ) 花(が)	オトコ(ガ) 男 (が)	イモート(ガ) 妹 (が)	オショーガツ(ガ) お正月 (が)	ジューイチガツ(ガ) 十一月 (が)
	中高型			ココロ(ガ) 心 (が)	ミズウミ(ガ) 湖 (が)	ニワカアメ(ガ) 俄雨 (が)	アイアイガサ(ガ) 相合傘 (が)
					ウグイス(ガ) 鶯 (が)	ハルガスミ(ガ) 春霞 (が)	タタミオモテ(ガ) 畳表 (が)
						オナイドシ(ガ) 同い年 (か)	コナオシロイ(ガ) 粉白粉 (が)
							オマワリサン(ガ) お巡りさん(が)
	頭高型	ヒ(ガ) 火(が)	アメ(ガ) 雨(が)	イノチ(ガ) 命 (が)	コーモリ(ガ) 蝙蝠 (が)	オツキサマ(ガ) お月様 (が)	ダイジングウ(ガ) 大神宮 (が)

註：　●代表名詞一拍，○代表助詞一拍。
取自金田一春彦監修「明解日本語
アクセント辞典」

<u>1</u>4. カナと国際音声記号の対照表 ＜日語假名和國際音標對照表＞

1. 清音

ア	カ	サ	タ	ナ	ハ	マ	ヤ	ラ	ワ
a	ka	sa	ta	na	ha	ma	ja	ɾa	wa

イ	キ	シ	チ	ニ	ヒ	ミ		リ	
i	ki	ʃi	tʃi	ɲi	çi	mi		ɾi	

ウ	ク	ス	ツ	ヌ	フ	ム	ユ	ル	
ɯ	kɯ	sɯ	tsɯ	nɯ	ɸɯ	mɯ	jɯ	ɾɯ	

エ	ケ	セ	テ	ネ	ヘ	メ		レ	
e	ke	se	te	ne	he	me		ɾe	

オ	コ	ソ	ト	ノ	ホ	モ	ヨ	ロ	ヲ
o	ko	so	to	no	ho	mo	jo	ɾo	o

2. 濁音・半濁音

ガ	ギ	グ	ゲ	ゴ	（カ゜	キ゜	ク゜	ケ゜	ゴ゜）
ga	gi	gɯ	ge	go	ŋa	ŋi	ŋɯ	ŋe	ŋo

ザ	ジ	ズ	ゼ	ゾ	ダ	デ	ド		
dza	dʒi	dzɯ	dze	dzo	da	de	do		
(za)	(ʒi)	(zɯ)	(ze)	(zo)					

バ	ビ	ブ	ベ	ボ	パ	ピ	プ	ペ	ポ
ba	bi	bɯ	be	bo	pa	pi	pɯ	pe	po

3. 拗音

キャ	キュ	キョ	ギャ	ギュ	ギョ	（ギャ	キュ	キョ）
kja	kjɯ	kjo	gja	gjɯ	gjo	ŋja	ŋjɯ	ŋjo

シャ	シュ	ショ	ジャ	ジュ	ジョ
ʃa	ʃɯ	ʃo	dʒa (ʒa)	dʒɯ (ʒɯ)	dʒo (ʒo)

チャ	チュ	チョ	ニャ	ニュ	ニョ
tʃa	tʃɯ	tʃo	ɲa	ɲɯ	ɲo

ヒャ	ヒュ	ヒョ	ビャ	ビュ	ビョ	ピャ	ピュ	ピョ
ça	çɯ	ço	bja	bjɯ	bjo	pja	pjɯ	pjo

ミャ	ミュ	ミョ	リャ	リュ	リョ
mja	mjɯ	mjo	ɾja	ɾjɯ	ɾjo

4. 撥音　　ン　　N , m , n , ŋ

5. 促音　　ッ　　p , t , k , s , ʃ

15. 注音符号と国際音声記号の対照表

＜注音符號和國際音標對照表＞

1. 聲母

ㄅ	ㄆ	ㄇ	ㄈ	ㄉ	ㄊ	ㄋ	ㄌ	ㄍ	ㄎ	ㄏ
p	p'	m	f	t	t'	n	l	k	k'	x

ㄐ	ㄑ	ㄒ	ㄓ	ㄔ	ㄕ	ㄖ	ㄗ	ㄘ	ㄙ
tɕ	tɕ'	ɕ	tʂ	tʂ'	ʂ	ʐ	ts	ts'	s

2. 韻母

（ㄭ）　ㄚ　ㄛ　ㄜ　ㄝ　ㄞ　ㄟ　ㄠ　ㄡ　ㄢ　ㄣ　ㄤ　ㄥ

ɿ ʅ　A　ɔ　ɤ　ε　ai　ei　ɑu　ou　an　ən　ɑŋ　əŋ

ㄧ　ㄧㄚ　ㄧㄛ　　ㄧㄝ　ㄧㄞ　　ㄧㄠ　ㄧㄡ　ㄧㄢ　ㄧㄣ

i　iA　iɔ　　iε　iai　　iɑu　iou　iεn　in

　　　　　　　　　　　　　　　　　　ㄧㄤ　ㄧㄥ

　　　　　　　　　　　　　　　　　　iɑŋ　iŋ

ㄨ　ㄨㄚ　ㄨㄛ　　ㄨㄞ　ㄨㄟ　　ㄨㄢ　ㄨㄣ　ㄨㄤ　ㄨㄥ

u　uA　uɔ　　uai　uei　　uan　uŋ　uɑŋ　uəŋ

ㄩ　　　　　　ㄩㄝ　　　　ㄩㄢ　ㄩㄣ　　　ㄩㄥ

y　　　　　　yε　　　　yan　yn　　　iɔŋ

參 考 書 目

〔中　　文〕

漢語音韻學　董同龢　學生書局　1970年

語言問題　趙元任　商務印書館　1968年

普通語音學綱要　王　均　科學出版社　1957年

中國語和日本語現代語音的比較研究　黃國彥　中國文化學院日本研究
　　所碩士論文　1971年

〔日　　文〕

音声学　服部四郎　岩波書店　1951年

言語（中国文化叢書１）　牛島徳次等編　大修館書店　1967年

音声と形態（日英語比較講座第一巻）　国広哲弥編　大修館書店
　　1981年

日本語　音韻の研究　金田一春彦編　東京堂　1967年

標準日本語の発音・アクセント　佐久間鼎　恒星社厚生閣　1959年

日本語音声学　天沼寧・水谷修・大坪一夫　くろしお出版　1978年

教本国語音声学　大西雅雄　東京廣文堂　1966年

音声学入門　M・シュビーゲル著　小泉保訳　大修館書店　1973年

現代の音韻（講座国語史２音韻史・文学史）　上村幸雄　大修館書店
　　1972年

日本語音声概説　三上蓁　櫻楓社　1977年

言語の構造（音声音韻編）　柴谷方良、影山太郎、田守育啓　くろし
　　お出版　1981年

美しい日本語の発音　田代晃二　創元社　1977年

音韻（岩波講座日本語５）　柴田武・大野晋編　岩波書店　1977年

言語治療用ハンドブック　田口恒夫　日本文化科学社　1971年

音声と音声教育　文化庁編　大蔵省印刷局　1972年

日本語と日本語教育――発音、表現編――　文化庁・国立国語研究所
　　編　大蔵省印刷局　1976年

ＮＨＫ録音集「アナウンス教室」テキスト　ＮＨＫ放送教育研究会全
　　国連盟編　ＮＨＫサービスセンター　1975年

ＴＢＳアナウンス基礎教材　ＴＢＳアナウンス室編　1976年

日本語アクセント法　三上蓁　学書房出版　1973年

日本語発音アクセント辞典　日本放送協会編　日本放送出版協会
　　1981年

明解日本語アクセント辞典（第二版）　秋永一枝編　三省堂　1981年

全国アクセント辞典　平山輝男編　東京堂　1960年

音声学大辞典　日本音声学会編　三修社　1976年

国語学大辞典　国語学会編　東京堂出版　1980年

中国語学新辞典　中国語学研究会編　光生館　1970年

中国語学事典　中国語学研究会編　江南書院　1958年

岩波中国語辞典　倉石武四郎　岩波書店　1975年

中日大辞典　愛知大学中日大辞典編纂処編　中日大辞典刊行会　1971
　　年

現代日中辞典　香坂順一等編　光生館　1979年

コンサイス外来語辞典　三省堂編集所編　三省堂　1972年

中国語と対応する漢語　文化庁　1978年

にほんごのはつおん　東京外国語大学付属日本語学校　1972年

日本語はつおん（英語版）　鈴木忍監修　国際交流基金　1978年

常用漢字表――国語審議会答申―― 文化庁 1981年

中国語と日本語の対照研究 黃国彦 日本東京大学修士論文 1976年

〔英 文〕

Phonetics J.D. O'connor Penguin Books Inc. 1973

A Course in Phonetics P. Ladefoged Harcourt Brace Joranovich, Inc.
1975

Introduction to Phonetics L.F. Brosnahan & B. Malmberg Cambridge
University Press 1970

Fundamental Problems in Phonetics J.C. Catford Edinburgh University
Press 1977

Introducing Practical Phonetics Ian R.A. Mackay Little, Brown and
Company 1978

A Garmmar of spoken Chinese Y.R. Chao University of California Press
1968

Language and Symbolic System Y.R. Chao Cambridge University Press
1968

Aural Comprehension Practice In Japanese O. Mizutani The Japan
Times 1979

戶 田 昌 幸

日本籍千葉縣　1943～2021

麗澤大學外國語學部中國語學科畢業

二松學舍大學中國學研究所　文學碩士

曾任　麗澤大學外國語學部講師　日本語別科講師、日本交流協會台北事務
　　　所　日本語專門家、東吳大學日本文化研究所及中國文化大學、輔仁
　　　大學、淡江大學東語系非常勤助教授、筑波大學兼任講師、麗澤大學
　　　外國語學部教授

著作　『初級日本語』、『―為中國人設計的―日語語音學入門』、『海關
　　　日語』、『麗澤日本語』、『日文自強自助辭典』、「台湾におけ
　　　る日本語教育事情」、「現代中国語の声母に対応する日本語常用漢
　　　字音との対照分析」、「日本常用漢字と中国・台湾との音声、字形
　　　に関する対照分析－中国人のための日本常用漢字教育の一視点」、
　　　「台湾の日本語教育事情と本学への提言」、「階梯日本語雑誌　漢
　　　字教室」、「階梯日本語雑誌　中国語と日本語の対照分析」

黃 國 彥

台灣桃園大溪　1945年生

中國文化大學東語系日文組畢業

中國文化大學日本語研究所文學碩士

日本東京大學語言學碩士

日本東京大學語言學博士課程修畢

曾任　中國文化大學東語系日文組主任、東吳大學日本文化研究所所長、
　　　階梯日本語雜誌總編輯

著作　《中日両語対照分析論集》（日文）、《初級日本語Ⅰ、Ⅱ(附語法分
　　　析)》（趙姬玉合著）、《日語基礎語法教室》（趙姬玉合著）、《聽！
　　　說！校園生活日語會話》（譯著）、《輕鬆學日文敬語》（譯著）、《王
　　　育德全集》（譯著）

國家圖書館出版品預行編目(CIP)資料

為中國人設計的：日語語音學入門 / 黃國彥，戶
田昌幸合著. -- 修訂一版. -- 臺北市：鴻儒
堂，民108.06

面； 公分

ISBN 978-986-6230-42-4(平裝附光碟片)

1.日語 2.語音 3.假名

803.1134   108007059

為中國人設計的

日語語音學入門

新裝版

本書附MP3 CD一片，定價500元

• •

1989年（民 78年）　10月初版一刷
2022年（民111年）　　6月修訂版二刷

編　　　著：戶 田 昌 幸 、 黃 國 彥
發 行 所：鴻 儒 堂 出 版 社
發 行 人：黃　　成　　業
地　　　址：台北市10044博愛路九號五樓之一
電　　　話：02-2311-3823
傳　　　真：02-2361-2334
郵 政 劃 撥：０１５５３００１
E - m a i l：hjt903@ms25.hinet.net

鴻儒堂出版社設有網頁，歡迎多加利用
網址：http://www.hjtbook.com.tw